Sophie Probst

Im Schatten des Waldes

Gejagt bis zum Tod

Kontaktadresse: sophie.probst@posteo.de

Bibliografische Information der Deutschen Nationalbibliothek: Die Deutsche Nationalbibliothek verzeichnet diese Publikation in der Deutschen Nationalbibliografie; detaillierte bibliografischeDaten sind im Internet über http://dnb.dnb.de abrufbar.

Sophie Probst

Im Schatten des Waldes
Gejagt bis zum Tod

Verfolgt

Mein Vorhaben war erfolgreich. Die Daten sind auf einem Stick gespeichert und in meinem Besitz, doch meine Nervosität steigt. Haben sie es schon bemerkt? Ich bin mir sicher, dass meine Tat nicht so einfach wiedergutzumachen ist. Ich habe zu viel gesehen, ich weiß zu viel. Doch ich kann die Dinge nicht ungeschehen machen und selbst wenn ich es könnte, ich würde es nicht tun. Es steht zu viel auf dem Spiel.

Angst. Sie hat sich in mir festgebissen, wie die Zähne einer zugeschnappten Falle. Ich hatte bisher nicht gewusst, wie schmerzhaft ihre Krallen sein können. Meinem Wagen ist der Sprit ausgegangen. Bestimmt kein Zufall. Ich haste durch den Wald wie ein gehetztes Tier, doch ich höre ihre Schritte hinter mir. Sie kommen näher.

Meine Situation ist aussichtslos. Erschöpft und mit zitternden Beinen lehne ich mich an einen Baum. Ich sehe nichts, was als gutes, schnelles Versteck dienen könnte. Es ist aussichtslos. Ein Geräusch lässt mich den Kopf heben. Ich stolpere erneut los, kann mich kaum auf den Beinen halten. Weiter! Die Kronen der Bäume lichten sich plötzlich und ich höre unter meinen Schuhen den feinen Kies eines Weges knirschen. Schnell lasse ich den Blick umherschweifen und dort ... dort kommt jemand! Ein Reiter trabt mir entgegen, zügelt verwundert sein Pferd, mustert mich neugierig. Nicht weit entfernt höre ich Schritte im Unterholz. Schnell! Fahrig taste ich in meiner Jackentasche herum, schließe meine Finger um den USB-Stick. Sie werden mich kriegen! Ich muss ihn verstecken! Ich grüße den Reiter mit einem kurzen Nicken. Es ist ein Teenager, höchstens 15 Jahre alt. Vorsichtig hebe ich die Hand, streiche behutsam über das weiche Fell des Tieres und lasse dann blitzschnell den Stick in eine der Satteltaschen gleiten. Erschrocken starrt mich der Junge an, hat das winzige Ding in meiner Faust nicht bemerkt, dass nun fürs erste bei ihm sicher ist. Hastig treibt er das Pferd vorwärts und verschwindet um die nächste Biegung. Erleichtert atme ich aus. Geschafft!

Ich werde gepackt und ins Gebüsch gezerrt. Ich wehre mich mit Händen und Füßen, doch ein undurchdringbarer, nasser Stoff drückt sich gegen mein Gesicht. Ich versuche, die Luft anzuhalten, doch mein erschöpfter Körper zwingt mich zu meinem nächsten Atemzug. Dieser Geruch ... Betäubungsmittel, denke ich noch, bevor ich zusammensacke.

Mika

1

Staubkörner tanzten im Sonnenlicht und ein kleiner, munterer Bach begleitete Mikas Schritte, während sie dem gekennzeichneten Weg folgte. Am Ende erschien eine mit Holz verkleidete Hütte. Sie machte mit ihren hellen, schiefen Wänden einen freundlichen Eindruck, ebenso wie der ältere Mann, der sie davor erwartete. Er winkte ihnen gut gelaunt zu und Mika warf ihrem Bruder Felix einen kurzen Blick zu, bevor die Geschwister ihm in das kleine Häuschen folgten. Holzdielen knarzten unter Mikas Schuhen und ein würziger Geruch hing in der Luft.

Die Wärme ergoss sich über den lichtbesprenkelten Flur und machte auch für den Raum, den sie nun betraten, keine Ausnahme. Verblüfft schaute Mika sich um. Unzähligen Karten tapezierten die Wände. Mit einem einzigen Blick konnte sie gar nicht sagen, wie viele unterschiedliche Orte ihr hier angezeigt wurden bis sie begriff, dass jede der einzelnen Karten einen anderen Teil desselben Waldes darstellte.

In dem Raum warteten schon die zwei anderen Freiwilligen, die sich ebenfalls zum Testen dieser neuen Tour angemeldet hatten. Auf sie war das Los genauso gefallen wie auf Mika und Felix.

Unschlüssig blieb Mika neben der Tür stehen und wartete auf ihren Bruder, der schließlich auch hereinkam.

„Wie wäre es, wenn ihr euch schon mal gegenseitig vorstellt, während ich noch schnell etwas hole?", fragte der Mann und war auch schon zur Tür hinausgetreten, ohne auf ihre Zustimmung zu warten. Ein paar Sekunden sagte niemand etwas und die wortlose Stille legte sich über sie. Von draußen klang das Zwitschern vieler Vögel herein und alle warteten darauf, dass einer der anderen zu reden anfing. Schließlich fing der Junge an, der schon vor den Geschwistern dagewesen war.

„Also ich bin Kevin." Beim Sprechen unterstrich er seine Sätze mit Gesten. Sein Blick wanderte von einem zum anderen. „Momentan noch sechzehn, aber ich werde bald siebzehn. Ich konnte es nicht fassen, als ich den Briefkasten geöffnet habe und dort den Brief fand. Es bestand zwar eine minimale Chance, zu gewinnen, aber ich habe wirklich nicht damit gerechnet. Ich dachte mir, dass ich zumindest mal schauen sollte, mit welchen Typen ich die nächste Woche rumhängen könnte. Es ist doch ganz schön, mal ein bisschen Abwechslung von diesem trägen Alltagsmist zu haben. Immer dasselbe: Aufstehen, Anstrengung, Essen, Schlafen. Aufstehen, Anstrengung, Essen, Schlafen. Aufstehen ..." Er holte Luft und Mika starrte ihn überrumpelt an. Er war lang und dünn. Sein kurzes, dunkel Haar kräuselte sich auf seinem Kopf und ein paar Pickel zeichneten sich als rötliche Flecken auf seiner Haut ab. Er schien sich nicht sonderlich für zusammenpassende Kleidung zu interessieren. Seine graue, fleckige Jogginghose biss sich fürchterlich mit dem grell neongrünen Shirt.

Kevin fuhr fort, ohne auf die verwirrten Gesichter der anderen zu achten. In seiner Stimme klang eine Unbeschwertheit, die er so unnatürlich betonte, dass sie sich eher wie Spott anhörte. Sein Blick machte den Eindruck, er würde auf die anderen herunterschauen. Vielleicht war es Absicht, vielleicht auch nicht. In seinen hochgezogenen Augenbrauen war es nicht eindeutig zu sehen und Mika fragte sich, ob er sich in dieser Art über die anderen lustig machte. Sie wartete auf das Ende seiner schier endlosen Rede, doch dieser Junge redete, als hätte er nicht den Plan, jemals wieder aufhören.

„Mein Name ist Mika, ich bin fünfzehn und manchmal zu optimistisch", unterbrach sie ihn schließlich mit dem für sie typischen Satz und fuhr sich währenddessen mit den Fingern durch ihre wirren, dunkelblonden Locken. Dumme Angewohnheit. Sie lösten sich schon wieder aus dem Knoten, mit dem Mika sie in ihrem Nacken befestigt hatte.

Ihr Bruder Felix übernahm das Wort. Er war ein Jahr älter und einen halben Kopf größer als sie, doch ihre braune Hautfarbe und die ähnlich kräftige Statur ließen dann doch erkennen, dass sie verwandt waren. Mika ließ ihren Blick zu dem anderen Mädchen wandern, das bisher noch kein Wort gesagt hatte. Sie war stämmig und durchtrainiert. Das unregelmäßige, kinnlange Haar war von hellen Strähnen durchzogen und ihre scharfen Gesichtszüge wirkten ungesund blass. Trotzig verschränkte sie die Arme vor der Brust. Mika schätzte sie auf siebzehn, vielleicht auch älter.

„Alles in Ordnung?" fragte Felix, der sich von der abweisenden Geste keineswegs angegriffen fühlte. Man hätte ihn wie bescheuert anglotzen können und er würde trotzdem höflich bleiben. Allerdings war er nicht als einziger von der überraschend pampigen Antwort verwirrt.

„Einfach Kate, klar?"

„Warum ...?" Kate winkte genervt ab und ihr Gesicht schien sich wie eine Tresortür zu verschließen. Was für ein Pokerface! Felix zuckte mit den Schultern, doch ehe noch jemand etwas erwidern konnte, kam der Mann zurück, in den Händen eine Mappe mit Unterlagen. Mika dankte ihm wortlos für das gute Timing, denn Kate schaute die anderen so böse an, dass Mika die Vorstellung, eine Woche mit ihr durch den Wald zu wandern, alles andere als gefiel. Warum hatte sich dieses Mädchen überhaupt für die Tour angemeldet? Außerdem sah Kevin aus, als würde er gleich wieder anfangen zu reden.

„Nun, erstmal herzlich willkommen! Ich freue mich, dass ihr alle hier seid und am Ende der Woche hoffentlich mit einem guten Feedback und schmerzenden Füßen von unserer neuen Tour berichten könnt. Ich bin der Event Manager. Ihr könnt mich Thomas nennen", fing er an und unterbrach somit die unangenehme

Atmosphäre. „Ihr werdet fünf Tage lang zu viert durch unser Naturreservat wandern. Ausrüstung und Proviant werden euch in regelmäßigen Abständen zur Verfügung gestellt, wenn ihr die Hinweise richtig deutet. Außerdem erwarten euch kleine Rätsel und Aufgaben, die euren Verstand und euren Teamgeist auf die Probe stellen werden." Hier unterbrach er sich kurz und musterte die vier, also wollte er ihnen Zeit geben, sich die Informationen einzuprägen. „Dreimal am Tag melden wir uns über Funk bei euch und erwarten eine Berichtserstattung über eure Lage und euer Vorankommen. Wenn ihr nicht weiterkommt oder euch nicht mehr meldet, ist das Spiel zu Ende. Ebenso bei Verlust eurer Ausrüstung, Schummeln, Verlaufen oder unachtsamer Umgang mit Ausrüstung oder Umwelt. Euer Standpunkt und eure Route werden von einem Peilsender aufgezeichnet, den ihr mitbekommt. Ab und zu werden euch außerdem Mitarbeiter aus unserem Unternehmen beobachten, die ihr auch ansprechen könnt, wenn ihr irgendwelche Hilfe braucht. Habt ihr soweit alles verstanden?"

Mika nickte unschlüssig und beobachtete die anderen aus den Augenwinkeln. Felix wirkte so nachdenklich und ernst wie immer. Kate tat, als würde sie das alles nicht interessieren und Kevin sah aus, als würde er sich auf eine lange Rede vorbereiten. Na toll.

„Ihr könnt jetzt eure Ausrüstung für die nächsten Tage wählen, doch wählt sinnvoll. Ihr dürft fürs erste nur fünf Gegenstände und drei Nahrungsmittel einpacken." Damit wies der Event Manager auf einen langgezogenen Tisch an der Rückwand des Zimmers. Mika folgte seinem Blick und ging dann zögernd darauf zu. Er war vollgestellt mit allem möglichen Zeug.

Probeweise blickte sie zu den Rucksäcken, die an der Wand bereitstanden. Welche Größe durften die fünf Gegenstände haben, um alle hineinzupassen? Insgesamt durfte es nicht zu schwer sein. Sie würde es ja viele Stunden mit sich herumtragen müssen.

Wenig später hatte sie einen Kompass, ein Taschenmesser, ein Seil, eine Taschenlampe und ein Feuerzeug eingepackt. Dazu kam noch etwas Brot, ein Beutel mit Äpfeln und ein großes Stück Käse. Ebenfalls bereitgestellt wurde jedem von ihnen ein Zahnputzset und eine Isomatte mit Schlafsack, natürlich das Funkgerät, eine Rolle Klopapier, ein Erste-Hilfe-Set und mehrere Flaschen Wasser. Wechselklamotten hatten sie selber mitbringen müssen. Während Mika mit geschultertem Rucksack auf die anderen wartete, breitete sich Unbehagen in ihr aus. Es gab gute Sicherheitsvorkehrungen, doch trotzdem konnte dort draußen alles Mögliche passieren. Sie war froh, als es endlich losging und es zumindest etwas gab, mit dem sie sich ablenken konnte.

„Ich habe es noch nie zuvor versucht, aber es ist mir tatsächlich gelungen! 20 Kilometer habe ich in zwei Stunden gejoggt. Könnt ihr euch das vorstellen? Der alte Sportlehrer hat so was von doof geschaut!" Mika wurde hin und her geschüttelt, während sich der Jeep auf ihren Startpunkt zubewegte. Wenn das so weiterging, würde sie Kevins gesamte Lebensgeschichte innerhalb von zwei Tagen erfahren. Sie betrachtete die anderen. Kates Blick war so grimmig, dass man meinen konnte, die Welt würde morgen untergehen und Felix war mal wieder mit den Gedanken irgendwo anders. Mika merkte, wie sich ihre Hände zu Fäusten ballten und lockerte sie schnell wieder. Könnte er nicht wenigstens ab und zu versuchen, sie nicht zu ignorieren? Ihr war klar, dass er es nicht mit Absicht tat, aber dieses scheußliche Gefühl in ihrem Magen ließ sich damit nicht beschwichtigen. Sie atmete tief ein, verdrängte die Gedanken aus ihrem Kopf und versuchte, auf Kevins fragenden Blick hin zu lächeln. Für ein paar fantastische Augenblicke breitete sich eine vollkommene Stille im Inneren des Jeeps aus bis Kevin fortfuhr. „Wie auch immer, einen Tag später habe ich mit meinem

Kumpel eine Wette geschlossen, dass ich niemals …". Mika schloss die Augen. Das konnte ja heiter werden.

2

Der Wagen hielt mit einem leichten Ruck und Kevin sprang als erstes hinaus. Sie befanden sich auf einem kleinen Parkplatz, der anscheinend nicht für die Öffentlichkeit zugänglich war. Rund um den kiesbestreuten Platz befand sich tiefster Wald. Sie bekamen noch ein paar Anweisungen, dann entfernte sich der Jeep wieder. Mika schaute ihm nach bis er in diesem grünen Irrgarten zwischen Bäumen verschwand. Ein drückendes Gefühl breitete sich in ihr aus. Vorhin in der Hütte hatten ihr hunderte Karten einen festen, sicheren Weg versprochen. Nun befand sie sich mitten in der Wildnis. Mit drei Menschen, die sich nicht für sie interessierten.

„Wir wollten nicht hier festwachsen, oder habe ich was verpasst?", durchbrach Kevin die Stille und der unangenehme Moment verging endlich. Fortgescheucht von Kevins frotzelnden Worten. „Der Typ meinte, im Umkreis von sechs Metern sei der erste Hinweis für unsere Richtung versteckt", fuhr Kevin fort und trabte auch schon los, um die Büsche am Rand des Parkplatzes abzusuchen.

„Denken die ernsthaft, dass wir hergekommen sind, um auf dem Boden herumzukriechen?", brummte Kate genervt und vergrub die Hände in ihren Hosentaschen. Mika spannte sich unwillkürlich an und beeilte sich, Kevin beim Suchen zu helfen. Hauptsache Abstand zwischen sich und Kate bringen.

Sie schätzen die sechs Meter ab und suchten systematisch nach dem ersten Hinweis. Schließlich half auch Felix. Nur Kate stand noch untätig da. Hätte sie ein Handy gehabt, hätte sie es mit garantiert herausgeholt, doch Handys waren leider, leider nicht für die Tour zugelassen. Mit Internet und irgendwelchen Apps wäre es auch zu einfach gewesen und zur Not gab es die Funkverbindung. Mika vertrieb ihre unnötigen Gedanken und suchte weiter, doch alles, was sie entdeckte, war eine alte, stinkende Plastiktüte, die sich in einem Gebüsch verheddert hatte. Angeekelt hängte Mika sie gut sichtbar in die Zweige. Sollten die Förster sie später mitnehmen. Kevin war schneller als sie, doch obwohl sie alles durchkämmten, fanden sie nichts.

„Wir werden es schon noch finden", meinte Mika zuversichtlich. Vielleicht, um ihr optimistisches Image zu bewahren, doch die Zweifel standen ihr wahrscheinlich ins Gesicht geschrieben. Was, wenn sie schon jetzt bei der allerersten Aufgabe scheiterten? Felix schüttelte nachdenklich den Kopf, schwieg, und suchte weiter. Nur Kevin schaute sich mit gerunzelter Stirn um und dachte wohl fieberhaft nach, was sie übersehen haben könnten. Mika konnte nicht anders. Sie musste lächeln. Wer hätte gedacht, dass Kevin auch mal schweigen konnte?

„Finden? Ihr seid wirklich dümmer, als ich dachte!" Kates Stimme klang so verächtlich, dass Mikas Puls sich sofort erhöhte. Nur nicht aufregen! Stattdessen suchte sie hastig in ihrem ausgelaugten Hirn nach einer schnippischen Antwort.

„Nun, wenn du weißt, wo der Hinweis ist, dann erleuchte uns." Ihre Stimme hatte schärfer geklungen, als beabsichtigt, doch Kate zeigte nur in eine bestimmte Richtung. Dort, in eine Astgabel geklemmt, steckte ein Glas. Direkt vor ihren Augen. Nur wenige Meter entfernt.

Ruhig bleiben!

Kevin grinste erleichtert, joggte los, zog das Glas aus dem niedrigen Versteck und öffnete es. Mika lief zu ihm.

Euer Weg ist dort, wo die die Sonne verweilt
in der hellen Tageszeit
bis ihr das gefallene Zeichen seht
wenn ihr die richtigen Wege geht

Selbst Kate war nähergekommen, um die Schrift auf dem Zettel zu lesen. Es herrschte angespanntes Schweigen, in dem jeder versuchte, schlau aus den wenigen Zeilen zu werden. Doch gerade als Mika ein Licht aufging und sie es erklären wollte, fiel ihr Kate ins Wort.

„Das ist echt Kindergartenniveau! Da hätten sie gleich schreiben sollen, dass unsere neue Richtung Süden ist." Mika biss die Zähne aufeinander. Natürlich war das Rätsel nicht so schwierig gewesen, doch wahrscheinlich war es als entspannte Aufgabe zum Einstieg gedacht. Es wäre doch auch irgendwie frustrierend, wenn es gleich extrem schwierig losgehen würde. Sie richtete sich auf und atmete tief durch, doch es fiel ihr leider keine schlagfertige Antwort ein.

So machten sie sich schließlich auf den Weg. Kate stapfte schlecht gelaunt voran (sie hatte ebenfalls einen Kompass) und die anderen folgten ihr. Mika versuchte, vorsichtig aufzutreten und den niedrigen Ästen auszuweichen, doch das gestaltete sich als schwierig. Unterholz versperrte ihnen den Weg und Dornen klammerten sich an Mikas Wanderstiefel, als wollten sie die Vier zum Umkehren bewegen. Um sie herum schien alles gleich auszusehen und sie hatte schon nach kurzer Zeit jegliche Orientierung verloren. Der Wald kam ihr wie ein lebendiges Wesen vor, das sie beobachtete und ihnen in der Stille auflauerte, die nur von Kevins ununterbrochenem Gemurmel gefüllt wurde. Unsinn! Mika schüttelte den Kopf, doch die Gedanken blieben hartnäckig in ihr zurück. Der Wald hatte nichts gegen sie! Tief atmen, Mika. Entspann dich! Freu dich über die Natur. Sie ist hier so unberührt, so schön. Sowas bekommst du zuhause nicht so einfach zu sehen! Doch es war unmöglich.
Ihr Körper fühlte sich an wie eine gespannte Bogensehne. Voller Adrenalin. Irgendwann stoppte Kate und Mika spähte vorsichtig an ihrer Schulter vorbei.

Kein Zweifel, sie hatten das Zeichen gefunden. Ein gewaltiger, entwurzelter Baumstamm lag vor ihnen. Das alte Holz war morsch, an manchen Stellen von früheren Regenfällen aufgequollen und von wildem Moos überzogen. Die vier Jugendlichen gingen näher heran und Mikas Finger glitten über die Rillen und Spuren. Der Baum war voller Leben. Pilze hatten sich im Schatten des Stammes angesiedelt, ihr Wurzelgeflecht tief durch die Erde gezogen und Insekten krabbelten eilig auf dem Totholz umher. Mika staunte. Alles wurde wiederverwertet, half neuem Leben. Es gab hier keinen Abfall, wie Menschen ihn verursachten.

Die anderen allerdings schienen weniger beeindruckt.

„Okay?", fragte Kevin nach einer Weile gedehnt. „Irgendwelche Ideen?" Mika betrachtete den Stamm. Sie hatte eine Idee. Wahrscheinlich war etwas in einem der vielen Spalten und Höhlen des Stammes versteckt, doch ihr gefiel der Gedanke, in dem Baum herumzustochern, ganz und gar nicht. Felix betrachtete das Holz so ernst, als wäre es eine Felstafel mit Hieroglyphen und Kevin hatte angefangen, hin und her zu laufen. Mika seufzte leise und schaute sich um. Es musste doch noch andere Möglichkeiten geben, etwas zu verstecken. Suchend schweifte ihr Blick umher.

Nichts.

Frustration flutete ihren Verstand. Wie sollte das denn etwas werden, wenn sie sich alle gegenseitig ignorierten? So kamen sie doch nicht weiter! Sie ließ sich auf den Boden gleiten, schloss die Augen und endlich kam ihr eine Idee. Sie war zwar nicht supergenial, aber vielleicht würde sie die Stimmung ein bisschen lockern.

„Lasst uns doch erstmal etwas essen". Okay, es war wirklich nicht die beste Idee des Jahrhunderts, doch mit vollem Bauch konnten sie sich sowieso besser konzentrieren. Mika überlegte nicht mehr lange, holte ihren Proviant heraus und legte ihn auf ihre Isomatte. Felix und Kevin schienen leicht irritiert, Kate ignorierte sie. „Na gut.

Wie ihr wollt", knurrte Mika verärgert. „Dann esse ich eben alleine." Es schmeckte alles nicht schlecht, aber der Ärger verdarb ihren Appetit. Schließlich setzte sich Felix neben sie und packte auch seine Sachen aus. Gemeinsam teilten sie sich den Proviant und sogar Kevin steuerte etwas dazu bei. Nur Kate hatte sich auf den Baumstamm gesetzt und ihnen den Rücken zugedreht.

„Wenn ihr weiterhin in diesem Tempo das Essen in euch hineinstopft, wird unser Proviant innerhalb von Minuten schrumpfen. Ihr wisst nicht, wann das nächste Mal etwas nachkommt", war das Einzige, das sie während der ganzen Zeit sagte und Mika ärgerte sich, dass sie nicht selbst schon früher daran gedachte hatte. Kurzer Hand stand sie auf. Sie würde sich nicht von Kate die komplette Stimmung verderben lassen! In ihr brodelte es wie so oft und sie ballte die Fäuste, presste ihre Wut mit den Fingernägeln in ihre Handflächen. Der Schmerz ließ ihr Gemüt etwas abkühlen und sie atmete ein paar Mal tief ein, bevor sie ein Lächeln auflegte.

Die anderen hatten nichts bemerkt. Ein paar Haarsträhnen hingen ihr ins Gesicht und hinterließen dort streifenähnliche Schatten.

„Was ist eigentlich los mit dir?"

Die Frage kam erschreckend unerwartet.

Langsam hob Mika den Blick und zuckte zusammen. Kate stand vor ihr, schaute ihr direkt ins Gesicht.

Sie hatte es bemerkt, hatte bemerkt, wie schlecht Mika ihre Wut unter Kontrolle hatte.

Verdammt!

Kevin hätte es nicht gesehen und Felix wahrscheinlich auch nicht, doch bei Kate war sie sich nicht sicher. Mika konnte sie nicht einschätzen, konnte sie nicht durchschauen. Sie hätte am liebsten den Blick gesenkt, um nicht mehr in diese Augen schauen zu müssen. Es kostete sie alle Selbstbeherrschung und Kate starrte sie

an. Nicht besorgt, nicht misstrauisch. Einfach irgendwie ...
ausdruckslos. Das machte Mika am meisten Angst.

Doch dann, nur für die Dauer eines Wimpernschlages, schien sich
etwas zu verändern. Etwas lag in Kates Blick.

War es Verständnis?

Mika konnte es nicht sagen und doch schienen diese Augenblicke
der Stille etwas zu bewirken.

„Hey, Mädels! Was ist denn mit euch los? Ihr sehr aus, als wärt ihr
zu Eiszapfen erstarrt." Kevins Stimme riss den Augenblick entzwei
wie ein Peitschenhieb und die beiden fuhren herum. „Ist ja schon
gut." Abwehrend hob er die Hände. „Ich wusste nicht, dass ihr wie
zwei scheuende Pferde reagiert." Langsam ging Mika zu den Jungs
und setzte sich schweigend neben sie.

Lange dauerte es jedoch nicht bis sie alle aufsprangen. Kate hatte
den nächsten Hinweis entdeckt.

„Wir sind solche Trottel", stöhnte Kevin frustriert. „Dabei ist es so
einfach." In der Tat war der neue Hinweis wieder direkt vor ihren
Augen gewesen und doch hatten sie ihn nicht gesehen.

Der umgefallene Baum selbst war der Wegweiser, der mit seinen
Wurzeln erstaunlich genau in eine Richtung wies. Wahrscheinlich
waren sie bei seinem Sturz umgeknickt worden, sodass es
wortwörtlich wie eine Pfeilspitze aussah.

Kopfschüttelnd prüfte Mika ihren Kompass. Die neue Richtung war
anscheinend Nord-Osten. Sie packten ihre Sachen zusammen und
diesmal ging Mika vor. Behutsam bahnte sie sich einen Weg durch
das Unterholz und nach einer Weile stießen sie tatsächlich auf
einen kleinen Trampelpfad.

3

Die Sonne war schon tief gesunken und Mikas Armbanduhr zeigte 17:15 Uhr an. Sie waren bestimmt schon drei Stunden gewandert und ihre Füße schmerzten. Außerdem waren ihre Wasserflaschen fast leer.

Inzwischen hatten sie den Trampelpfad verlassen und durchquerten ein lichteres Stück Wald mit weniger Unterholz. Das Vorankommen war hier deutlich leichter und bald darauf erkannten sie in der Ferne eine Person, die auf sie zu warten schien. Schließlich standen sie vor einer Frau, die ziemlich sicher eine der Mitarbeiterinnen der Tour war. Mit einem strengen Blick legte sie ihr Klemmbrett weg und kam dann ohne Umschweife zur Sache.

Mika musste ihre ganze Konzentration zusammennehmen, um die Worte zu sich durchzulassen, denn das mehrstündige Wandern hatte ihrer Motivation einen Dämpfer gegeben. Zudem hatte sie nicht damit gerechnet, dass die erste Station schon heute kommen würde. Musste das wirklich sein?

„Ich sehe, dass ihr den ersten Teil der Strecke gut bewältigt habt." Mika verbiss sich jegliche Kommentare. „Ihr müsst heute nur noch eine Aufgabe erledigen. Danach habt ihr freie Wahl, wo ihr euer Nachtlager aufschlagen wollt." Sie durchsuchte ihre Unterlagen. „Also. Zeit zählt hier ebenso wie der Endwasserstand in euren Eimern."

Mit schiefgelegtem Kopf starrte Mika sie an und überlegte, ob plötzliche Bauchschmerzen verdächtig wirken würden. Musste diese Aufgabe ausgerechnet jetzt kommen?

Plötzlich musste sie an ihren Vorstellungsspruch denken. Wider Willen lächelte sie. Die Sonne schien, es war tolles Wetter und die Vögel zwitscherten. Sie würde sich von etwas Teamwork schon nicht unterkriegen lassen!

„Ihr werdet in zwei Teams aufgeteilt. Immer einer oder eine muss mit verbundenen Augen den Wassereimer die markierte Strecke entlang tragen. Der oder die andere unterstützt den Teampartner mit Anweisungen. Hilfestellung durch Berührungen ist nicht erlaubt. In den Eimern sind Anzeigen, die den Wasserstand messen. Je mehr Wasser ihr verschüttet, desto mehr Punkteabzug gibt es. Okay, wie sieht es aus? Seid ihr bereit?" Mika schwieg. In ihr tobte ein Tornado, doch die anderen nickten halbherzig. Die Frau nahm es zur Kenntnis und angelte nach ihrem Klemmbrett.

Ihre Gruppe wurden in zwei Teams aufgeteilt und Mika war unglaublich erleichtert, mit ihrem Bruder eines der beiden Zweierteams zu bilden. Auf jeden Fall war das viel besser als mit Kate!

Die Frau führte sie zum Start und nun sah Mika die markierte Strecke. Mit weißer Kreide war eine dünne Spur auf den Boden gestreut, die sich in Kurven legte und auf der Endstrecke gerade zwischen zwei Bäumen durchlief.

Es wurde ihnen kurz Zeit gegeben, die Strecke anzuschauen. Dann mussten sie auslosen, wer die Augen verbunden bekam. Seufzend nahm Mika die Augenbinde. Felix konnte sowieso viel besser Dinge beschreiben, doch ihr wäre es lieber gewesen, nicht vor den anderen mit verbundenen Augen herumzustolpern. Ihr Bruder strich sich das dunkle Haar aus dem Gesicht und betrachtete sie nachdenklich. Wieder fiel ihr auf, wie ungerecht gut er aussah und sie wendete sich erneut der Augenbinde zu.

Vorsichtig befestigte sie das Tuch und atmete ein paarmal tief durch. Ihr Team sollte als Erstes starten und alle würden zusehen, wenn sie auf die Nase fallen würde. Behutsam tasteten ihre Finger nach dem Henkel des Eimers und schlossen sich fest darum. Er war schwer. Schwerer, als sie gedacht hatte.

Das Wasser schwappte leicht hin und her. Jede schnelle Bewegung entschied über ihren Punktestand. Die Augenbinde nahm ihr alle

Sicht und sie versuchte verzweifelt, sich durch die verschiedenen Geräusche zu orientieren. Um sie herum standen Bäume. Fest an ihrem Platz. Doch da war noch etwas anderes. Die Stimmen. Zum ersten Mal fiel ihr auf, wie unterschiedlich sie waren. Die Frau sprach tief und leicht kratzig, doch hinter ihren Worten schwang Energie und Kraft und war Mika schon Kates leichter Akzent aufgefallen? Sie schob die Verwirrung beiseite und nahm noch einmal alle Konzentration zusammen. Es würde schon alles klappen.

Felix' Stimme war genauso wie immer, als er ihr schließlich die ersten Anweisungen gab. Ruhe war eingekehrt und Mika hatte das Gefühl, dass der ganze Wald ihr zuschaute. Keine Nervosität! Sie folge der Stimme ihres Bruders. Schritt für Schritt. Atmen. Keine Hektik. Felix benutzte nicht viele Worte, doch die, die er in den Mund nahm, sagten alles, was sie wissen musste. Er sagte nie zu viel, im Gegensatz zu ihr.

Es lief alles einigermaßen gut bis …

sie stolperte.

Der Eimer rutschte aus ihrem schwitzigen Griff und kippte mit einem hässlichen, dumpfen Laut um. Auch ohne hinzuschauen wusste Mika, dass gerade mindestens die Hälfte des Wassers im Waldboden versickerte.

Shit!

Hastig rappelte sie sich auf und spürte ihren viel zu schnellen Herzschlag. Es war doch nur ein bescheuertes Spiel! Es konnte ihr doch eigentlich egal sein!

War es aber nicht.

Alle schauten ihr gerade zu, wie sie hilflos auf dem Boden herumtastete und den Eimer suchte.

Scheiße, scheiße, scheiße!

Ihr Gesicht glühte, als sie Felix' Worten folgte, der versuchte, sie zu dem Eimer zu leiten. Hektisch rutschte sie auf dem Boden herum und hätte vor am liebsten vor Frustration geschrien, als ihre Finger etwas ertasteten. Mika stutzte. Es hätte ein Stein sein können, aber die Oberfläche fühlte sich viel zu glatt, viel zu künstlich an. Das - was auch immer es war - gehörte nicht in diesem Wald.

Ohne groß nachzudenken steckte sie es in ihre Hosentasche und dann ...

fand sie endlich diesen verdammten Wassereimer.

Erleichtert packte sie ihn und stand auf. Er war so leicht, dass sie nicht nachprüfen musste, ob sich überhaupt noch Wasser darin befand.

Aber es war ihr egal.

Etwas später riss sie sich das Tuch vom Kopf, drückte es Kate in die Hand und ließ sich erschöpft an einem Baum hinuntergleiten. Was für ein Horrorspiel!

Nie wieder!

Erst als Kate und Kevin in den Parkour starteten und sich ihr Puls wieder etwas beruhigte, fiel ihr das seltsame Ding ein. Sie zog es aus ihrer Jackentasche.

Es war ein USB-Stick.

4

Ein USB-Stick! Mitten im Wald. Gehörte der zur Tour oder war das nur Zufall? Wenn es Zufall war, warum sollte jemand seinen USB-Stick in den Wald mitnehmen? Mika schüttelte verwirrt den Kopf. Es musste dazugehören, aber wie sollte das Ding ihnen hier weiterhelfen? Ohne Computer.

In diesem Moment rief die Frau nach ihr. Immer noch verwirrt ging sie zu den anderen zurück.

Kevin und Kate hatten schon angefangen und Kate stapfte angespannt vorwärts. Die Augenbinde war ihr sichtlich unangenehm und ihre Schritte waren klein und testend, als würde sie Kevins Anweisungen nicht trauen. Wahrscheinlich traute sie Kevin wirklich nicht.

Das störte ihn allerdings kein bisschen. Er nahm seine Aufgabe viel zu locker. Wäre Kate nicht so vorsichtig gewesen, hätte sie garantiert schon Bekanntschaft mit unzähligen Baumstämmen gemacht, während Kevin ihr nebenher seinen ersten Fahrradunfall schilderte. Er hatte nicht aufgepasst und war gegen einen Baum gefahren.

Glücklicherweise bekamen sie die nächste Wegrichtung, ohne ein Rätsel lösen zu müssen und sie hatten neuen Proviant bekommen. Mika musste sich trotzdem ein Stöhnen unterdrücken, als sie ihren Weg fortsetzten.

Schritt für Schritt.

Laub raschelte mit tausenden flüsternden Stimmen. Warum war ihr noch nie aufgefallen, wie viel Leben es in einem Wald gab? Die Blätter waren wie Gesichter. Alle wurden nach einem gleichen Muster geschaffen, doch jedes hatte seine persönlichen Merkmale. Jedes sah ein bisschen anders aus. Auch in den Bäumen erkannte sie es. Kein Baum glich dem anderen. Mika hob den Kopf und ihr

Blick streifte den blauen Himmel. Wolken zogen so schnell und leicht über ihren Kopf hinweg, dass sie ihnen dabei zusehen konnte. Die späte Nachmittagssonne ließ sie erglühen und das erste Abendrot wagte sich in den Himmel. Es sah unglaublich schön aus und Mika unterdrücke den Impuls, nach ihrem Handy zu suchen, um ein Foto zu schießen. Ihr Handy war sowieso nicht da und sie wusste aus Erfahrung, dass man solche Momente nicht auf einem Foto einfangen konnte. Also stand sie einfach da, den Kopf in den Nacken gelegt und schaute in den herannahenden Sonnenuntergang.

„Hey, wenn du weiter so trödelst, müssen wir noch bei Dunkelheit wandern!" Mika wandte ihren Blick vom Himmel ab und folgte Kevins Ruf. Die anderen waren schon weitergegangen, doch sie warteten tatsächlich auf sie. Etwas Hoffnung flammte in ihr auf, dass diese Tour vielleicht doch keine Vollkatastrophe werden würde.

Es war ein kühler, schöner Abend. Die Vier hatten eine geschützte Stelle gefunden und waren dabei, ein Nachtlager aufzuschlagen. Zumindest versuchten sie es. Kevin schlenderte umher und bot hier und da seine Hilfe an, aber bevor die anderen sie annehmen konnten, war er schon wieder woanders. Mika stand unschlüssig da und fragte sich, wo sie am besten ihren Schlafsack hinlegen sollte. Schließlich entschied sie sich für einen relativ geschützten Platz unter einer Fichte und versuchte, mit den Händen den Boden zu ebnen. Die Dunkelheit zog sich still und leise zwischen den Bäumen hindurch und als Mika ihren Schlafsack auf der Isomatte ausgerollt hatte, musste sie die Augen zusammenkneifen, um alles erkennen zu können.

„Ich mache ein Lagerfeuer", teilte Kevin mit und sammelte getrocknete Zweige, die er schwungvoll auf einen Haufen warf. Anschließend holte er sein Feuerzeug heraus, das er aus der Hütte hatte. Seltsam, dass der Start ihrer gemeinsamen Tour erst ein paar Stunden zurücklag.

„Stopp!", rief Kate plötzlich und die Entrüstung in ihrer Stimme ließ alle zusammenzucken. Kevin starrte sie verdutzt an, als sie auf ihn zustürmte. „Du hast wirklich kein bisschen Verstand, oder? Wenn du so unvorsichtig bist, kannst du den ganzen Wald abfackeln!" Kate riss ihm das Feuerzeug aus der Hand und nun sah auch Mika, was Kate so aufgeregt hatte. Kevin hatte weder Steine noch etwas anderes um ihre Feuerstelle gelegt, was die Flammen hätte aufhalten können. Warum war ihr das nicht aufgefallen? Während Kate in den Wald stampfte, um Steine zu suchen (das Feuerzeug hatte sie mitgenommen), stand Kevin auf den Fußsohlen wippend da und begann, vor sich hinzupfeifen. Kates Ausbruch hatte scheinbar keinen Eindruck auf ihn gemacht. Mika konnte nicht anders, als ihn zu bewundern. Sie selbst wäre wohl an seiner Stelle ziemlich zusammengeschrumpft.

Später saßen sie um ein kleines Lagerfeuer und rösteten Mikas restliche Äpfel, die sie mit Erdnüssen aus Kevins Vorrat gefüllt hatten. Die Äpfel schmeckten süß und klebrig und die Nüsse erinnerten an Erdnussbuttercreme.

Während Felix den letzten Apfel aufschnitt, blickte Mika gedankenverloren in die Flammen. Glühend hell züngelten sie in die nachtschwarze Dunkelheit und über ihnen leuchteten Millionen Sterne. Staunend blickte Mika nach oben und dachte an die vielen Sternbilder, aber mehr als ein paar bekam sie nicht mehr zusammen. Ihr wurde bewusst, wie klein und unbedeutend sie war. Dort draußen lag ein ganzes Universum, so unglaublich groß und alt. Millionen Lichtjahre entfernt kreisten Planeten um unbekannte Sonnen, schwarze Löcher entstanden, Sterne explodierten und sie, Mika, war nur ein unglaublich winziger Teil des Ganzen. Sie war wie ein Staubkörnchen in der riesigen Atmosphäre. Unbedeutend, unwichtig, aber trotzdem gehörte sie dazu. Ihre Gedanken schweiften weiter und weiter in Vorstellungen, die so wirr waren, dass sie sie nicht mehr auseinanderhalten konnte. Sie schloss die Augen und konzentrierte sich auf ihren Atem. Nach einer Weile legte sich das Chaos in ihrem Kopf.

Inzwischen war das Feuer fast heruntergebrannt und die anderen hatten sich schon in ihre Schlafsäcke gewickelt. Seufzend stand Mika auf und holte unter dem ganzen Gepäck ihre Zahnbürste hervor. Ihr fiel auf, dass sie die Zahnpasta völlig vergessen hatte. Kurz spielte sie mit den Gedanken, die anderen nach einer zu fragen, doch dann ließ sie es sein.

Wenig später wickelte sie sich ungeschickt in ihren Schlafsack, schloss die Augen und lauschte dem Nachtkonzert des Waldes. Ein sachter Wind strich über ihr Gesicht und sie schob ihre kalten Hände in die Falten des Schlafsacks. Hör auf zu denken, forderte sie sich auf, doch natürlich klappte es nicht. Schließlich setzte sie sich auf. Ihr Atem klang ungewöhnlich laut in der Finsternis. So viel Dunkelheit. Sie kam sich klein vor, so unendlich klein.

„Alles in Ordnung mit dir?" Felix Stimme war leise wie ein Raunen. Mika biss sich auf die Lippe.

„Ja, ja. Es war nur alles heute … so viel." Sie schwieg. Felix schwieg ebenfalls. Na los, sag etwas!, feuerte sie ihm gedanklich entgegen. Du kannst doch so gut mit Worten umgehen! Doch er sagte nichts. Natürlich nicht.

„Versuch zu schlafen." Felix machte es sich wieder bequem und Mika hörte, wie er bald darauf ruhig und gleichmäßig atmete. Sie spürte wieder diese Wut und wusste, dass es ungerecht es war, doch wenn man niemanden hatte, auf den man seine Wut schieben konnte, wurde sie meistens nur umso größer. Mika legte sich wieder hin, ballte die Fäuste und lächelte dann provozierend in die Dunkelheit hinein. Vielleicht sollte sie Schauspielerin werden. Die

Idee fühlte sich gut an und irgendwann döste sie schließlich ein. Der Ansatz eines Lächelns schwebte ihr im Gesicht.

5

Am nächsten Morgen erwachte sie durch das grelle Sonnenlicht, dessen Helligkeit durch ihre geschlossenen Augenlider drang. Sie setzte sich mühsam auf.

Ihr ganzer Körper fühlte sich steif an und in ihrer linken Wange pochte es unangenehm. Sie war wohl in der Nacht mit dem Kopf von der Isomatte gerutscht, sodass die Fichtennadeln ihr einen tiefen Abdruck in der Haut hinterlassen hatten.

Mika war sehr froh, dass gerade kein Spiegel in der Nähe war. Sie sah bestimmt furchtbar aus mit ihren abstehenden Haaren, der roten Wange und den vor Müdigkeit noch halb geschlossenen Augen. Na bravo. Egal. Sie richtete sich schwankend auf und blickte sich um. Kevin schlief noch (er schnarchte so laut, dass man es bestimmt noch im Umkreis von mehreren Kilometer hörte), doch ihr Bruder Felix war schon aufgestanden und machte einen ausgeschlafenen, fitten Eindruck. Wie schaffte er das nur? Mika seufzte und suchte mit ihrem Blick nach Kate, die jedoch nirgends zu sehen war.

„Kate ist am Bach", klärte Felix sie auf.

„Hier ist ein Bach in der Nähe?"

„Wir haben in gestern nicht bemerkt, doch er ist relativ nah. Du musst nur etwa hundertfünfzig Meter in diese Richtung gehen gehen."

Es war noch relativ kühl und als Mika zu ihrem Schlafplatz zurückging, bemerkte sie, dass alles von einer Schicht hauchzarter Tautropfen bedeckt war.

Sie atmete geräuschvoll ein und hob dann den feuchten Schlafsack hoch. Von innen fühlte er sich noch halbwegs trocken an. Gut so.

Sie hängte ihn über einen niedrigen Ast, damit er hoffentlich wieder schnell trocknete und suchte dann nach einem warmen Pullover. Die kaltfeuchte Luft ließ ihr eine Gänsehaut die Arme emporkriechen und selbst die Sonnenstrahlen, die energisch durch die Wolken brachen, konnte die Kälte nicht vertreiben.

Mika fand einen grobmaschiger Wollpulli, den sie bisher noch kein einziges Mal getragen hatte. Nun erwies er sich als praktisch. Wo waren eigentlich ihre Schuhe? Sie hatten am Abend noch neben ihrem Nachtlager gelegen. Seufzend suchte sie sie, doch ihre Suche war -natürlich- erfolglos. Wäre ja auch zu einfach gewesen. Mika stand auf. Dann ging sie eben barfuß zum Bach. Es konnte ja nicht allzu weit sein. Schnell packte sie ihren Zahnputzbeutel und ein Handtuch zusammen, nahm noch ihren Kompass mit und machte sich dann auf den Weg.

Ein paar Minuten später kündigte sich der Bach tatsächlich leise plätschernd an und etwas später stand sie vor ihm. Kristallklar schoss das Wasser einen kleinen Felsen hinab und schlängelte sich geschmeidig in einem silbernen Strom davon. Mika blieb trotz der Kälte einige Zeit stehen und betrachtete das schimmernde, funkelnde Wasser.

Ein unerwarteter Klang riss sie aus ihrer Trance. Leise und friedlich, dann immer schneller. Der Melodie änderte sich, Energie pulsierte mit jedem neuen Atemzug, Kampflust, Zorn, bis der Gesang wieder leiser wurde. Er verschwamm mit dem Flüstern des Wassers und verstummte schließlich wie ein trauriges Seufzen.

Die Stille verbreitete sich wieder und Mika atmete aus. Unschlüssig machte sie ein paar Schritte. Vielleicht, weil ihre Zehen sich wie Eiszapfen anfühlten, vielleicht auch aus Neugier. Wer hatte gesungen? Eigentlich musste es doch … aber nein. Das passte einfach nicht!

Noch ein weiterer Schritt und dort saß … Kate. Also doch! Sie starrte gedankenverloren in das wirbelnde Wasser.

Mika wusste nicht, was sie machen sollte. So tun, als hätte sie nichts mitbekommen?

Sie machte noch einen unüberlegten Schritt und ein Zweig bohrte sich tief in ihre Fußsohle. „AAAAAAAA!" Kate schoss in die Höhe, als Mika stöhnend auf einem Bein herumhüpfte.

„Was machst du hier?" Jedes ihrer Worte klang wie ein Schlag ins Gesicht.

„Ich wollte …", Mika massierte ihren steifgefrorenen Fuß, „ich wollte mir nur die Zähne putzen." Kate musterte sie mit der Freundlichkeit eines Eisblocks und Mika konnte kaum glauben, dass dieses Mädchen vorhin eine so emotionale Melodie zustande gebracht hatte.

„Hast du … irgendwas … gehört?" Mika wusste sofort, was sie meinte.

„Ähm, nicht das ich wüsste", meinte sie vorsichtig und versuchte, eine Unschuldsmiene aufzusetzen. Es schien ihr irgendwie halbwegs zu gelingen.

Eigentlich log sie nicht gerne, doch es bestand wohl eine gewisse Möglichkeit, dass Kate sie ansonsten in kleine Stücke säbeln würde. Sie schien Mikas Antwort zu akzeptieren, trotz der misstrauischen Miene, die sie aufgesetzt hatte.

So langsam hatte Mika die Nase voll von dieser dämlichen Tour. Vorsichtig ging sie um Kate herum und bewegte sich ein paar vorsichtige Schritte auf das Wasser zu. Gerade als sie sich hinunterbeugte, zerrte Kate sie plötzlich am Ärmel hoch.

„Wenn du auch nur einer einzigen Person erzählst, was du hier gesehen oder gehört hast, bist du so gut wie tot! Verstanden?" Nach einigen Sekunden fand Mika ihre Sprache wieder. Nervös wich sie Kates stechendem Blick aus.

„Soll ich das jetzt als ernst gemeinte Morddrohung verstehen?" Sie hätte ihrer Stimme gerne einen lässigen Klang gegeben, wie es Kevin wahrscheinlich gemacht hätte, doch stattdessen blieben die Worte kaum verständlich in der Luft hängen und ihre Stimme verlor sich noch vor dem Satzende in der Kälte. Im Nachhinein bereute

Mika den gescheiterten Versuch, Kevin nachzuahmen. Hätte sie doch einfach nur genickt und dann das Weite gesucht. Das hätte zumindest nicht so kläglich gewirkt.

Diesmal war es mehr Scham als Wut, doch es schmeckte genauso bitter. Kates Augenbrauen wanderten ein Stück in die Höhe, doch sie ließ Mika los. Die beiden wichen voneinander zurück und ehe Mika noch irgendetwas sagen konnte, drehte sich Kate um und ging zu ihrem Lagerplatz zurück.

Wenig später hatte sich Mika Gesicht und Haare in dem entsetzlich kalten Bachwasser gewaschen und war auf dem Rückweg. Sie zitterte und fror am ganzen Körper. Ihre Zehen fühlten sich an wie abgestorben. Inzwischen war auch Kevin aufgewacht und alle waren dabei, ein Frühstück zuzubereiten. Endlich fand Mika ihre Schuhe, wickelte sich in die wärmsten Klamotten, die sie dabeihatte und setzte sich an das inzwischen brennende Feuer. Das Essen bestand größtenteils aus den Resten, die sie noch dabeihatten. Trockenes Müsli, Karotten, Schokoriegel und noch ein paar Kleinigkeiten. Kate selbst aß nur wenig, doch erinnerte die anderen an ihre Anwesenheit, indem sie sie anfauchte, noch Proviant übrig zu lassen.

Aber der Hunger nach der kalten Nacht war groß. Mit deutlich leichteren Rucksäcken machten sie sich schließlich wieder auf den Weg.

6

Nachdem sie über Funk Bescheid gegeben hatten, dass alles okay war, wanderten sie lange schweigend. Jeder in seine eigenen Gedanken vertieft. Kevin lief dieses Mal vorne und kümmerte sich mit gerunzelter Stirn um die richtige Richtung. Felix ließ seinen Blick gedankenverloren umherschweifen und Kate ging ganz hinten, um den anderen zu verheimlichen, dass sie leise vor sich hin summte. Mika hörte es trotzdem. Kate sorgte für ein paar gewaltige Fragezeichen in ihrem Kopf, doch Mika war zu müde, um sich jetzt darüber Gedanken zu machen. Sie hatte am Bach eine alte, angesprungene Spiegelscherbe gefunden, deren Ränder vom Laufe der Zeit glattgeschliffen worden waren. Nun hielt sie sich diese vor das Gesicht. Gesichtsausdrücke verändern. Traurig. Glücklich. Mitleidig. Peinlich berührt. Gelassen. Verächtlich fiel ihr schwer. Sie stellte sich verschiedene Szenarien vor und überlegte, wie unterschiedliche Personen darauf reagieren würden. Mimik. Augenbrauen hochziehen. Spöttisch lächeln. Niedergeschlagener Blick.

„Was machst du da?" Kate war zu ihr vorgelaufen und betrachtete sie kritisch. „Du siehst aus, als hättest du in eine saure Zitrone gebissen."

„Sehr witzig", brummte Mika ein wenig gekränkt, obwohl sie sich vorgenommen hatte, Kates dumme Sprüche an sich abprallen zu lassen.

Lange gingen sie still nebeneinander her und Mika warf Kate verstohlene Seitenblicke zu. Was wollte sie? Warum lief sie neben ihr? Wieder ein neues Fragezeichen. Die Zeit schien langsamer zu verstreichen als sonst. Wie dickflüssiger Honig. Was war Zeit überhaupt? Darüber hatte sie sich noch nie so wirklich nachgedacht, aber es war ein gutes Thema. Vielleicht heute Abend, wenn sie einen ungestörten Moment hatte. Am besten eignete sich wirklich die Nacht zum Nachdenken. Sie war so still hier draußen. Kate räusperte sich und Mikas Gedanken kehrten schlagartig wieder in die Realität zurück.

„Also, was hast du gemacht?", fragte Kate nochmal und Beunruhigung kroch in Mika hoch. Was wollte Kate von ihr?

„Ich…". Mika ließ ihren Blick ratlos herumschweifen und vermied es, sie anzusehen. „Ich habe versucht, zu … schauspielen." Hoffentlich lachte Kate jetzt nicht.

Verbissen starrte Mika auf den Boden. Als sie das Schweigen schließlich nicht mehr aushielt, hob sie den Kopf. Kate überraschte sie. Wieder mal. Sie schien weder ungläubig noch amüsiert. Eher ernst und nachdenklich. Fast erinnerte ihr Ausdruck an Felix.

„Versuche es noch einmal."

War das ihr Ernst?

Mika starrte sie entgeistert an. Meine Güte, dachte sie, jetzt blamiere ich mich wirklich. Fieberhaft dachte sie nach.

„Verzweiflung und Nervosität?", fragte Kate zögernd, doch mit einem kaum hörbaren belustigten Unterton. Mika warf ihr einen verwirrten Blick zu bis sie verstand. Hastig setzte sie zu einer Erklärung an, doch Kate winkte ab. „Schon okay, ich weiß, dass ich einen nicht so sympathischen Eindruck mache." Wieder diese unerträgliche Stille. Was sollte man in diesem Fall sagen? Kate nahm ihr die Entscheidung ab. „Meine Schwester Cassie ist Schauspielerin. Zuerst war es für sie nur ein Hobby, doch inzwischen macht sie es beruflich." Mika sah sie verblüfft an.

„Mindestens einmal im Jahr lädt sie mich zu einem ihrer neuesten Filme ins Kino ein und ich sehe meistens, wie sie entweder erschossen, erschlagen oder auf eine andere Weise umgebracht wird!" Kate kickte energisch gegen einen kleinen Stein und Mika verfolgte seinen zackigen Flug.

„Oh ...“

Sie hätte sich ohrfeigen können für so eine bescheuerte Antwort. Kate schüttelte den Kopf. „Wir haben uns früher viel öfter gesehen, aber in letzter Zeit ist sie viel unterwegs." Sie schien mehr mit sich selbst zu reden als mit Mika. „Es gab auch Phasen in denen wir uns oft gestritten haben. Vor allem über meine Eltern." Warum erzählt sie das alles? „Warum über deine Eltern?" Kate zögerte, als wäre sie sich nicht sicher, wie viel sie Mika anvertrauen konnte. „Ich wurde adoptiert." Sie ließ ihre angespannten Schultern sinken und warf Mika einen Blick zu, der keine weiteren Fragen zuließ. „Und jetzt versuche es nochmal."

7

Die Sonne stand schon hoch am Himmel und die letzten Tautröpfchen verdunsteten langsam. Die feinen Nebelschleier, die innerhalb der letzten Stunden zwischen den Bäumen geschwebt hatten, taten es dem Tau gleich. Sonnenstrahlen schlüpften durch das Blätterdach und spannen ihre goldenen Fäden. Mika ging wie im Traum hinter den anderen her und versuchte, den Moment in sich einzusaugen. Ihre Schuhe sanken in das immer noch feuchte Moos, die Luft war sauber und frisch und das Flüstern der Bäume ergänzte mit dem entfernten Rauschen des Baches das Morgenkonzert der Vögel. Doch dies war nur einer der Gründe für das Lächeln, das ihr im Gesicht stand. ‚Du hast Talent'. Mika hatte bis dahin nicht gewusst, dass Kate auch Komplimente machen konnte. War es ernst gemeint gewesen? Andere Frage: Wieso sollte Kate lügen? Mika hatte angefangen zu pfeifen und schob die lästigen Fragen zur Seite. Im Augenblick wollte sie an die Wahrheit dieser Worte glauben.

Immerfort begleitete sie aus der Ferne das fast schon hypnotisierende Plätschern des Baches, doch Mikas gute Laune war irgendwann innerhalb der letzten Stunde verloren gegangen. Die Nacht war kalt gewesen, sie hatten nicht viel gefrühstückt und sie wanderten seit einer gefühlten Ewigkeit wortwörtlich über Stock und Stein.
„Ähm, Leute? Wie sieht es aus mit der nächsten Pause?" Die Frage sollte eher beiläufig klingen, doch Kevin hatte wohl ihre Hoffnung hinter den Worten bemerkt, denn er drehte sich mit seinem typischen, spöttischen Lächeln um.
„Wir haben keinen Proviant mehr, Süße." Hatte er sie tatsächlich *Süße* genannt??? Was für ein Idiot! Tief atmen, Mika. Lass es an dir abprallen. Sie zwang sich ein Lächeln ins Gesicht. Mundwinkel

anziehen, Augen leicht zusammenkneifen, lässig, nicht zu steif. Einen leichten ironischen Zug dazu. Leider fiel ihr keine schlagfertige Antwort ein, aber das war für's Erste nicht schlimm. War doch schon mal ein guter Anfang. Aus den Augenwinkeln sah sie Kate kaum merklich nicken. Yes! Kevin hatte sich schon wieder umgedreht und stapfte weiter. Hoffentlich auch in die richtige Richtung.

Zwei Stunden später war auch die Laune der anderen unwiderruflich gesunken. Mikas Uhr nach war es schon 15 Uhr, aber sie hatten immer noch nichts gefunden. Kein Hinweis, keine Station, kein Nichts. Mikas Füße schmerzten, als würden ihr bei jedem Schritt tausende Nadeln in die Fußsohle stechen. Was für ein Scheiß!

„Irgendwie kann die Richtung nicht stimmen", rief Kevin in diesem Moment. Entgeistert scharten sich die anderen um ihn. Kevin studierte konzentriert die ausfaltbare Karte, die er sich ausgesucht hatte. Eigentlich konnte man es kaum ‚Karte' nennen. Für Mika sah es eher aus wie ein Gekrakel bunter Linien.

„Was soll denn nicht stimmen?" Selbst der sonst so gelassene Felix schien ein bisschen verärgert.

„Laut Karte ...", Kevin kniff die Augen zusammen, „hätten wir schon vor eineinhalb Stunden eine Straße passieren sollen." Mika schloss die Augen.

„Und das fällt dir JETZT auf?" Kate schaute ihn ungläubig an. „DU hast uns doch die ganze Zeit versichert, du hättest die Richtung vollkommen im Griff!" Kevin drehte die Karte um neunzig Grad und die plötzliche steile Falte auf seiner Stirn verkündete nichts Gutes.

„Das. Ist. Nicht. Dein. Ernst. Du verarscht mich doch, oder?"

„Leider nein", warf Felix ein, der über Kevins Schulter spähte. Er nahm die Karte, überlegte kurz und fuhr dann mit seinem Finger ihren bisherigen Weg nach. Kate riss ihm ungeduldig das Papier aus der Hand.

„WIR SIND SECHS KOMMA DREI KILOMETER IN DIE FALSCHE RICHTUNG GELAUFEN!" Mika ließ sich auf den Boden sinken. „Okay, das ist jetzt irgendwie seltsam", meinte Kevin und griff wieder nach der Karte.

„Da ist nichts seltsam! ABSOLUT NICHST! Du totaler Vollidiot bist nicht mal in der Lage, eine verdammte Karte richtig zu lesen!" Wutentbrannt zerriss Kate das Papier.

„BIST DU WAHNSINNIG???"

„NICHT SO WAHNSINNIG WIE DU!"

„DU HAST DIE VERDAMMTE KARTE ZERRISSEN!"

„DIE DU STUNDENLANG FALSCH GELESEN HAST!" Kates Stimme überschlug sich vor Wut.

„Aufhören!" rief Mika verzweifelt.

„IDIOT!"

„AUFHÖREN!!!" Mika drängte entschieden Kate und Kevin auseinander, was ihr ein paar Sekunden verblüffte Stille einbrachte.

„WAS BRINGT EUCH DAS?" Mühsam atmete sie durch und fuhr etwas ruhiger fort: „Streiten hilft uns jetzt auch nicht weiter! Lasst das Gezanke. Wir müssen los, wenn wir unser Ziel noch heute erreichen wollen!" Kate presste zornig die Lippen zusammen, doch Kevins Miene hellte sich wieder auf und er warf Kate einen spöttischen Blick zu.

„Dann eben mit den alten Methoden. Moos an den Baumstämmen und so." Er sah sich suchend um. Mika starrte ihn sprachlos an. Sie hatten gerade den halben Wald zusammengebrüllt und er tat einfach so, als wäre nichts passiert. Unfassbar!

Kevin umrundete einen Stamm. „Mmm, also das wird irgendwie schwierig." Die anderen folgten ihm. Der Stamm war komplett rundum mit Moos bewachsen.

„Hier sind die Baumkronen zu dicht. Es kommt zu wenig Sonne zwischen dem Blattwerk durch", meinte Felix seufzend. „Wir müssen eine lichtere Stelle suchen, um eindeutig die Richtung zu erkennen!"

Bald stellte sich aber heraus, dass das gesamte Waldstück, in dem sie sich befanden, dicht bewachsen war.

Einige Überlegungen später entschieden sie schließlich, den Bach zu suchen, der sie vorhin die ganze Zeit begleitet hatte. Er führte sie wahrscheinlich nicht genau in die richtige Richtung, aber zumindest verirrten sie sich dann nicht komplett. Nach längerem Suchen fanden sie ihn tatsächlich wieder. Inzwischen war es ein kleiner Fluss geworden, noch immer ruhig und sanft, aber schon deutlich breiter und tiefer. Die späte Nachmittagssonne hatte sich wahrscheinlich schon dem Westen zugewandt, weshalb sie vermuteten, dass der Fluss nach Nord-Osten floss und ihm so gut es ging folgten. Sie hatten an diesem Tag außer dem Frühstück noch nichts gegessen und Mika fühlte sich elend. Im Moment wünschte sie sich nichts sehnlicher, als jetzt Pause zu machen, doch vor allem Kevin trieb sie unaufhörlich an.

Die Ufer des kleinen Flusses waren dicht bewachsen, was Mika zu allem Überfluss einen Ausrutscher in den Bach bescherte.

Dazu noch kam, dass sie das Funkgerät gehabt hatte, dass – natürlich - nicht wasserfest gewesen war.

Schlimmer konnte es nun wirklich nicht mehr kommen.

Die Tour war für sie offiziell gelaufen. Dieser Thomas hatte es ihnen persönlich gesagt. Bei Verlust von Ausrüstung ist das Spiel zu Ende.

Eigentlich war es Mikas schuld, da sie den Teil mit dem Funkgerät vergeigt hatte, aber sie bedauerte es nicht wirklich. Im Großen und Ganzen war das alles sowieso ein Reinfall gewesen.

Es ließ sich eh nicht mehr ändern und sie konnten jetzt nur noch hoffen, dass sie durch den Peilsender geortet und hoffentlich bald gerettet wurden.

Wenn sie die Tour allerdings jetzt abbrechen würden, würden sie mit mieser Laune und schlechtem Feedback für den überhaupt allerersten Durchgang zurückkehren. Das wäre wohl keine so gute Werbung. Konnten sie trotzdem nicht wenigstens irgendwie Hilfe bekommen?

Die Zeit verstrich unglaublich langsam. Schweißtropfen flossen ihnen die Rücken hinunter und Mika stellte sich ein leckeres Gericht nach dem anderen vor bis sie das Gefühl hatte, verrückt zu werden.

Ruhig bleiben, forderte sie sich auf, denn die Verzweiflung pulsierte in ihr wie eine tickende Zeitbombe, die jeden Moment hochgehen konnte.

Weiter.

Nicht anfangen zu heulen!

Sie kniff die Lippen fest zusammen und konzentrierte sich wieder auf den Weg. Sie würden ankommen, es würde alles funktionieren. Ganz sicher! Jeder Weg hat ein Ziel. Irgendwann ist jeder da. Sicher würden sie heute Abend alle zusammen an einem Feuer sitzen und über ihre dämliche Situation lachen. Es würde alles gut werden!

Sie wusste nicht, wie sehr sie sich da täuschte.

8

Als die Stimmung der Gruppe am Tiefpunkt angelangt war, wichen die Büsche und Bäume immer weiter vom Rand des Flusses zurück und die letzte halbe Stunde wurde zum Glück ein bisschen erträglicher. Und als die Sonne dann schon anfing, langsam hinter den Baumwipfeln zu verschwinden, mündete der Strom schließlich in einem kleinen See. Mika ließ ihren Blick umherschweifen und sah, dass der Fluss den See auf der gegenüberliegenden Seite wieder verließ und, dem Geräusch nach zu urteilen, einen Wasserfall hinunterstürtzte. Sie humpelten weiter. Es gab keinen begehbaren Weg hinunter. Endstation.

Völlig frustriert und erschöpft ließen sich alle ins Gras fallen. Mika zog sich die Schuhe von den wunden Füßen und massierte ihre Fußsohle. Der Schmerz pulsierte heftig und deutlich in jeder ihrer schweißnassen Zehen über die Sohle bis in die Knöchel hinauf. Verdammter Scheißdreck! Außerdem war ihr fast schlecht vor Hunger.

Warum schaute denn niemand nach ihnen?

Warum kam keine Hilfe?

Verzweifelt ließ sie ihren Blick über den See gleiten. Es war wunderschön hier, doch momentan war ihr das komplett egal. Den anderen ging es ebenso wie ihr. Felix hatte sich auf den Rücken gelegt und die Augen geschlossen. Kate ging im Kopf wohl alle möglichen Alternativen durch, die ihnen noch blieben und selbst Kevin, der die ganze Zeit über noch die meiste Energie gehabt hatte, saß bewegungslos auf dem kühlen, grasbewachsenen Boden. Eine Weile lagen alle still da und versuchten, sich wieder zu beruhigen. Sie waren viele Stunden lang gewandert und ihre letzte Mahlzeit lag schon viel zu lange zurück. Mika hob leicht den Kopf. Anscheinend hatte nicht nur sie das Gefühl, nie wieder aufstehen zu können.

Irgendwann erhob sich Kevin doch und humpelte zu dem See hinüber. Mika sah aus den Augenwinkeln, dass er seine nackten Füße in das Wasser tauchen wollte, als er plötzlich wie von der Tarantel gestochen aufsprang.

„LEUTE, SEHT MAL!" Verwirrt schleppten sie sich zu ihm herüber. Dort, an einem Ast über dem strömenden Wasser, hing eine ziemlich große, zugeknotete, schmutzige, prall gefüllte Tüte. Von einer neuen Welle Hoffnung getragen sammelten sich alle an der Kante des Wasserfalls. Die kühle Gischt wehte ihnen in die Gesichter und der Plastikbeutel schwankte leicht in einer sachten Brise über dem Wasser. Vier gierige Augenpaare verfolgten diese Bewegung. Es konnte ihr nächster Hinweis, noch besser, ihr heutiger Proviant sein! Es musste! Kate entfuhr ein tiefer Seufzer. „Für mich sieht das eher aus wie ein stinknormaler Müllsack, gefüllt mit stinknormalem Müll." Kevin schenkte ihr einen vernichtenden Blick. „Aber wenn ihr darauf besteht, können wir ja nachsehen." Kritisch musterte sie die Tüte. „Okay, also wenn es nur der Müllbeutel von irgendeinem Idioten ist, war dieser Idiot ziemlich groß. Ich glaube kaum, dass einer von uns gefahrlos an die Tüte rankommt, ohne ins Wasser zu müssen." Sie warf dem Wasserstrom einen kurzen Blick zu. „Hier ist also wohl oder übel Teamarbeit gefragt. Seht ihr die Bäume auf der anderen Seite?" Mika ließ den Blick an den gegenüberliegenden Baumstämmen bis zu den nicht sehr stabil wirkenden Zweigen hochwandern, an denen die Tüte aufgehängt war. Obwohl sie nur einen knappen Meter hoch hing, befand sie doch ziemlich mittig über dem Strom und schwankte bedrohlich über dem schäumenden Wasser.

„Wir sollten die Äste von der anderen Seite aus weiter nach unten drücken, damit ein paar von uns den Plastiksack auf dieser Seite packen können. Es ist riskant, aber wenn der Beutel tiefer hängt, ist es auf jeden Fall einfacher." Mika blickte sich suchend nach einer weniger anstrengenden Lösung um. Das konnte doch alles nicht wahr sein! Kevin sammelte sich als erster: „Bringen wir's hinter uns. Wer will auf welche Seite?"

„Ich sorge für die Zweige", meinte Kate entschlossen. „Dann muss ich schon nicht aufpassen, dass einer von euch ins Wasser fällt." Sie drehte sich abrupt um und stampfte los, um den See zu umrunden. Mika war ihr dankbar. Sie glaubte nicht, dass sie je wieder mehr als zehn Schritte hintereinander machen könnte.

„Warte, Katie! Jemand muss doch auf *DICH* aufpassen!", rief Kevin mit einer Stimme, die vor Ironie nur so triefte, und rannte ihr hinterher, doch Mika bemerkte sein leichtes Straucheln. Felix musterte schweigend den prall gefüllten Beutel und Mika wurde mal wieder nicht schlau aus ihm. Typisch.

Sie mussten einige Zeit warten bis Kate und Kevin einmal um den See gegangen waren und Mika starrte in das fauchende Wasser.

„Geht's noch langsamer? Ich schlafe ja im Stehen ein, wenn ich euch zuschaue!" Kevin war angekommen und schaute sie von der anderen Seite des Wasserstroms an. Ein paar Meter weiter kam der Kipppunkt und das Wasser schoss über die Kante. Das ist viel zu viel Risiko für dieses Outdoor Event. Was, wenn jemandem etwas passieren würde?, dachte Mika nervös.

Alle brachten sich in Position. Kate suchte sich grummelnd eine gute, rutschfeste Stelle und Kevin zog probeweise an den Zweigen. „Die sind stabiler als gedacht!" Seine Stimme wurde vom Rauschen des Wassers fast verschluckt. Felix betrachtete die beiden mit gerunzelter Stirn, sagte jedoch nichts.

„Passt einfach auf!", rief Mika mit leicht genervtem Tonfall hinüber. Immer positiv denken, ermahnte sie sich. Immerhin haben wir jetzt hoffentlich wieder Anhaltspunkte. Kate griff mit beiden Händen zu und hängte sich mit ihrem ganzen Gewicht an einen der Äste. Die Tüte sank um zehn Zentimeter nach unten und tanzte schwankend über dem Strom.

„Beeil dich, du Idiot!", schrie Kate Kevin schnaufend vor Anstrengung an. Er packte ebenfalls zu. Mühsam stemmten sie ihre Füße gegen den Boden, um nicht abzurutschen. Mika starrte besorgt zu ihnen rüber, während der Plastiksack noch ein Stück weiter nach unten glitt. Kate glich einem Stier. Augen verengt, die Arme vor Anstrengung zitternd. Selbst Kevin hatte zu keuchen begonnen. Die Tüte pendelte hin und her.

Nervös knete Mika ihre Finger, als sie bis zum Rand des Wasserstroms trat und den Beutel fixierte. Noch etwas weiter und sie würde die Tüte greifen können. Noch einen Schritt, sie streckte ihre Hände aus. Das Krachen der vielen Tonnen Wasser, die unterhalb von ihr an den Felsen zersprengten, dröhnte ihr in den Ohren. Noch ein Schritt. Wenige Zentimeter. Wo war eigentlich Felix? Die Tüte verfehlte nur knapp ihre Hände. Ein Schritt noch.

Das Wasser durchnässte ihre Schuhe, schäumte an ihren Hosenbeinen hoch. Das Plastik streifte ihre Finger, sie verfolgte es mit den Augen. Gleich würde sie es erwischen! Ihr Oberkörper beugte sich noch weiter vor. Die Nässe kroch ihr bis zu den Knien empor. Sie spürte den Sog, der sich gegen ihre Beine warf. Noch ein paar Sekunden. Die Plane bewegte sich in ihr Blickfeld. Gleich, gleich, gleich, …

In diesem Moment ertönte ein fetzendes Geräusch von der anderen Seite. Wie ein Peitschenhieb, wie ein Knall, wie ein durchgebrochener Ast. Moment mal …

Der Schmerz riss sie von den Füßen. Sie konnte nicht atmen! Ihr Brustkorb … sie konnte nicht atmen! Schwarz, alles schwarz. Dunkelheit. Was passierte mit ihr? WER? WARUM??? Keine Luft. KEINE LUFT!!! Wasser, alles an ihr war … so schwer. WO WAR OBEN UND WO WAR UNTEN? Luft, warum bekam sie keine Luft? Es … drehte sich … alles. Hilfe. HILFE! Atmen. Sie konnte nicht … ATMEN!!!

Ihr Kopf durchbrach die Wasseroberfläche. Japsend sog sie die Luft in ihre Lungen. Es funktionierte! Hauptsache atmen. Das Wasser rann ihr über das Gesicht, verstopfte ihre Ohren, nahm ihr die Sicht. Sie konnte nichts sehen. Ihre Brust hob und senkte sich pausenlos bis ihre kreischende Lunge sich beruhigt hatte. Langsam drangen erste Empfindungen auf sie ein. Sie krallte sich an irgendetwas fest. Ihre Finger waren schmerzhaft gekrümmt, aber sie konnte nicht loslassen. Wasser. Überall um sie war Wasser. Was ...?

Ihre Lunge funktionierte noch? Check. Sie konnte ihre Beine noch bewegen? Check. Kopf drehen ging noch? Check. Denken war möglich? Na, ja .... Wo war sie? Keine Ahnung. Wer war sie? Keine Ahnung. Warum war sie hier? Keine Ahnung. Wusste sie überhaupt irgendwas? NEIN. Okay, nur die Ruhe. Erst mal festhalten. Das klang nach einem Plan. Vielleicht nicht der beste, aber schon mal besser als nichts. Nicht sterben. Klang auch logisch. Na also, ein Punkt für das logische Denken. Warum wurde ihr so schwindelig? Scheiße, scheiße, SCHEIßE!!! Nicht loslassen! Denk nach, beruhig dich. Keine Wut. Moment mal... wütend, wütend, WÜTEND!

SIE. WAR. MIKA!!!

9

Rauschen.

Alles Nass.

Kälte.

Wieso Kälte?

Warum war es so nass?

Etwas Hartes unter ihr.

Ein Stein?

War das Land?

Denken, Mika, denken!

Moment …

Sie war Mika! Mika! Sie wusste, wer sie war! Mika!

Was war passiert? War da nicht irgendwas mit Seeungeheuern?

Oder nein, das war … nein, auch kein Schiffsbruch.

LOGIG, MIKA!

Es gibt keine Seeungeheuer!

Ein tiefer, zittriger Atemzug ertastete ihre Brust und sie begann zu husten. Keuchend bewegte sie erst die eine Hand ein Stück, dann die andere Hand. Vorsichtig tastete sie den Boden ab. Nass, kalt und ein bisschen matschig, aber fest. Das war schon mal gut.

Sie drehte den Kopf ein bisschen und der Schmerz explodierte rot unter ihren geschlossenen Liedern. Japsend krümmte sie sich zusammen und ein leises Wimmern drang zwischen ihren Lippen hervor bis der Schmerz ein paar Sekunden später wieder abgeklungen war.

Kurze Zeit lag sie einfach nur heftig atmend da und versuchte, sich ihrer Situation klar zu werden. Schließlich öffnete sie mit schnell klopfenden Herzen die Augen. Das Licht schlug ins Gesicht. Grell und blendend.

Schneller als in einem Sekundenbruchteil kniff sie die Augen wieder zusammen.

Tief atmen,
ruhig bleiben!
Ein Schritt nach dem anderen.

Der Sonne nach zu urteilen, war es früher Morgen. Der Fluss hatte sich wieder beruhigt und floss langsam und still dahin, als täte es ihm leid, was Mika widerfahren war. Neben ihr war der Plastikbeutel mit ans Ufer gespült worden oder wahrscheinlicher war eher, dass sie sich an ihm festgehalten hatte und dann irgendwie ans Ufer getrieben worden war.
Sie hatte absolut keine Ahnung, wo sie war, welchen Tag sie hatten oder wo sich die anderen befanden.
Panik kroch wie eine ätzende Chemikalie in ihr hoch und explodierte krachend in ihrer Brust.
Nein.
STOPP!
Atmen. Ein. Und aus. Ein. Und aus. Ein. Und aus. Ein. Und aus. Ein. Und aus. Ein. Und aus. Ein. Und aus. Ruhig …
bleiben!

Mika hatte es geschafft, sich aufzurichten. Vielleicht konnte sie sogar aufstehen, wenn sie vorsichtig vorging. Im Großen und Ganzen hatte sie Glück gehabt. Das hätte auch ganz anders ausgehen können. Außerdem … ach ja, die Tüte! Mika stand hoffnungsvoll auf.
Zu schnell.
Der ganze Wald schien eine 90 Grad Drehung zu machen. Die Bäume schossen von links auf sie zu und der Himmel schwebte parallel zu ihr auf der rechten Seite.
WO IST OBEN UND WO IST UNTEN?

Mika merkte, wie ihre Füße keinen Halt mehr fanden, als würde sie in einen Abgrund treten. Sie wankte kurz und schlug dann der Länge nach hin. Der Schmerz des Aufpralls stieß wie ein Messer in ihren Kopf. Alles verschwamm

wurde wieder scharf

trieb davon

zerteilte sich in tausende Teile

raste auf sie zu und entfernte sich wieder.

Der Himmel schwappte wie eine riesige Welle über ihr, tosend wie ein Sturm.

NEIN!!!

Sie hielt sich Augen und Ohren zu. DAS. IST. NICHT. REAL. Stopp. Jetzt. Tief atmen. Tief atmen. Tief atmen. Die Welt drehte sich langsamer und langsamer bis sie endlich wieder stillstand.

Mika wartete noch einige Minuten, dann öffnete sie vorsichtig die Augen. Alles wieder an seinem Platz. Kein schwankendes Universum, keine Sterne, keine ungewöhnlichen Geräusche. Alles gut.

Behutsam krabbelte sie auf die Plane zu - nur nicht zu schnell bewegen - und hielt sich an dem rauen, wettergegerbten Plastik fest. Langsam begann sie an dem Knoten zu nesteln, doch es dauerte eeeeewig.

Endlich! Ungeduldig riss sie die Tüte auf ...

Müll.

10

Stinknormaler, dreckiger Müll. Dosen, Verpackungen und leere, zugeschraubte Plastikflaschen, die sie wahrscheinlich an der Wasseroberfläche gehalten hatten. Aber trotzdem. Ihr ‚Hinweis' war von Anfang an keiner gewesen. Es war nur verdammter, verfluchter Abfall.

Mika ließ die in ihr aufbrandende Wut in einem geräuschvollen Atemzug entweichen und starrte den Plastikbeutel hasserfüllt an. Es war hoffnungslos. Die Tour war für sie schon längst gelaufen. Ihre Gruppe hatte kein Funkgerät mehr, doch die Chancen standen gut, dass Felix, Kevin und Kate durch den Peilsender gefunden wurden.

Aber sie?

Mika?

Wie lange würden die Rettungskräfte brauchen, um *sie* zu finden?

In diesem Moment hörte sie Schritte. Leise und weit entfernt, doch in ihre Richtung kommend. Langsam stand Mika auf. Inzwischen fühlte sie sich wieder relativ sicher auf Beinen. Wer kam da?

Nervös versteckte sie sich hinter ein paar Bäumen und spähte in den morgentlichen Wald.

Schließlich löste sich ein Schatten aus dem Unterholz. Mika musste sich vorlehnen, um die Person besser betrachten zu können. Die Gestalt trat noch einen Schritt weiter ins Sonnenlicht und nun erkannte Mika eine Frau unter dem dunklen Kapuzenpullover. Für einen Moment verharrte diese im Sonnenlicht, dann drehte sie ihren Kopf in Mikas Richtung.

„Komm raus! Ich habe dich gesehen." Ihre energische, barsche Stimme klang laut durch den stillen Wald. Wer war das? Vorsichtig machte sie einen Schritt aus dem Schatten hinaus und der Schreck jagte ihr wie elektrischer Strom durch den Körper. Auch wenn die

Frau es gut unter ihrem Pullover verborgen hatte, Mika erkannte die Form: Eine Waffe!

Der Impuls, wegzurennen, flammte in ihr auf, doch sie bewegte sich nicht. Ihr Körper war wie gelähmt. Sie konnte einfach nicht mehr. Plötzlich hörte sie Kates Stimme in ihren Ohren. *Aufrichten. Gerade und fest auf beiden Füßen stehen.* Sie wusste selbst nicht, warum sie noch die Kraft dazu hatte, aber ehe sie noch weiter nachdenken konnte, begann sie, Kates Anweisungen zu befolgen.

Keine Nervosität, aber auch keine Angriffslust zeigen. Am besten die Hände hinter dem Rücken verschränken oder in die Jackentaschen stecken. Ein tiefer, ruhiger Atemzug erfüllte Mikas Brust und sie richtete sich auf. *Entspannte Miene, Pokerface, kein direkter Blickkontakt, nicht herausfordernd wirken.* Sie ließ ihr Gesicht zu einer Maske werden, versteckte sich dahinter, stellte sich vor, sie würde alle Angst in ein kleines Loch stopfen. Doch trotz allem spürte sie ihr Herz rasen. Ein eigenartiges Gefühl hatte Besitz von ihr ergriffen. Sie konnte es nicht einmal ansatzweise beschreiben, aber es fühlte sich trotz dieser beschissenen Lage irgendwie cool an.

Was war Zeit? Warum verging sie manchmal so unglaublich langsam, dass man das Gefühl hatte, jede Sekunde würde Stunden brauchen und jede Minute Tage? Und warum verging sie manchmal so schnell, dass sie wie ein donnernder Zug an einem vorbeischoss und man hilflos mitgerissen wurde, ohne sich wehren zu können? Mika stand da wie eine Mauer und in ihr loderte die Angst mit züngelnden Flammen.

„So, so. Du heißt wahrscheinlich Mika Forster."

Vorbei.

Vorbei mit dem Pokerface und der coolen Körperhaltung. Ihre Augen weiteten sich vor Schrecken und bevor sie etwas dagegen tun konnte, war sie schon reflexartig zurückgewichen. Die Frau schlug ihre Kapuze zurück. Scharf geschnittene Wangenknochen und dunkle Augen. Ihre Haare waren straff nach hinten gebunden. Geschätzte 35, vielleicht älter. Wäre ihre Miene nicht so kalt gewesen, würde sie vielleicht einen ganz normalen, freundlichen Eindruck machen.

Mikas Mund öffnete sich, doch sie brachte keinen Ton heraus. „Woher ich deinen Namen kenne? War nicht schwierig. Ihr seid doch diese Testgruppe von dieser Tour, oder?" Mika schüttelte hilflos den Kopf. Die Frau seufzte genervt, was sie ein bisschen weniger unheimlich machte. „Tut nichts zur Sache. Warum bist du hier und nicht mit deinen kleinen Freunden unterwegs?"

„Wieso wollen sie das wissen?" Mikas Stimme zitterte, doch immerhin gelang ihr nun das Sprechen. Die Frau hob beschwichtigend die Hände.

„Komm erst mal mit mir mit. Okay?" Nein, stopp! Nichts war okay! „Danke, aber … nein." Mika war zu erschöpft, um einen klaren Kopf zu haben, doch mit dieser unheimlichen, fremden Person würde sie garantiert nicht mitgehen!

„Okay, Kleine. Dann formuliere ich es anders: Komm mit!" Die Frau sah wütend aus. Und gefährlich. Und unberechenbar. Mika starrte sie an bis die Fremde sich umdrehte und losging. „Spare dir deine Energie, hör auf mit dem sinnlosen Protest und komm!"

Unsicher setzte sich Mika in Bewegung. Warum konnte die Frau nicht einfach das Outdoor-Unternehmen über ihre Lage informieren?

„Eine letzte Warnung noch. Solltest du zu der Entscheidung kommen, meine Bitte zu missachten, ist das deine Sache, aber es wäre besser für uns beide, wenn du kooperierst. Mein Zeitplan ist knapp und ich habe zwar keine Lust dazu, aber ich kann durchaus handfestere Methoden anwenden." Mikas Blick wanderte unwillkürlich zu der versteckten Waffe.

Fuck.

Gefangen (mehrere Tage zuvor)

Dunkelheit. Sie ist ein Teil von mir geworden. Wie ein finsterer Schatten lauert sie mir auf. Sie weiß alles, lässt mich im Ungewissen, spielt mit mir. Raus. Ich will nur noch raus! Der Boden unter mir ist hart und kalt, ebenso wie die Wände. Ich weiß nicht, wo ich mich genau befinde. Nur ein fernes Summen begleitet mich schon, seit ich mein Bewusstsein wiedererlangt und mich in dieser Dunkelheit wiedergefunden habe. Ich bin froh, es zu hören, denn die Stille wäre noch unerträglicher, als dieses monotone, tiefe Brummen, das sich wie ein Tinnitus in mein Gehör gefressen hat. Es gibt mir das Gefühl, unbeobachtet zu sein. Erst seit kurzer Zeit ist mir klar geworden, welche gewaltigen Emotionen hinter einem so einfachen Wort stehen können. Verloren, verlassen, aufgegeben, für immer. Einsamkeit. Man kann einsam sein in einem Raum voller Menschen, doch jetzt bin ich wirklich
allein.
Ich weiß nicht, wie viele Minuten, Stunden oder Tage vergangen sind. Verrückt, oder? Normalerweise schaut man zigmal täglich fast schon unbewusst auf die Uhr. Auf Zeiger, die dir deine Zeit vorgeben sollen. Doch jetzt, in diesem Moment, gibt es keine Zeit. Nur den Herzschlag, der seinen eigenen Rhythmus klopft, unabhängig von allen Zifferblättern und Zeigern dieser Welt.
Es kommt mir fast unwirklich vor, als etwas in meinen tranceartigen Zustand dringt, das nicht in dieses akustische Schema passt.
Dumpfe Laute in
unregelmäßigen Abständen.
Leise und fern.
Zunächst.
Lauter. Es wird lauter!
Da kommt etwas auf mich zu!
Da kommt JEMAND auf mich zu.

Schritte! Hastig versuche ich, mich hochzustemmen, doch mein Körper zittert vor Anstrengung. Wann habe ich das letzte Mal richtig geschlafen? Ich weiß es nicht mehr. Die Schritte kommen näher, meine Finger tasten nach einem Vorsprung, an dem ich mich hochziehen könnte, irgendwas. Schlüsselklirren. Verzweifelt kippe ich vornüber auf die Knie, versuche ein letztes Mal, mich aufzurappeln. Krachen, knirschendes Holz. Ein Streifen fahles Licht.

Mein Blick ist gesenkt. Ich sehe meine Hände in dem schummrigen Schein, rau, zitternd. Über dem schmutzigen, nackten Boden. Langsam hebe ich den Kopf.

Ich erkenne sie sofort. Angegrautes, rötliches Haar. Stechende, irgendwie traurige Augen. Ich hätte diese Frau überall auf der Welt wiedererkannt.

Aussichtslos.

Keine Flucht möglich.

Wenn SIE persönlich hinter dem ganzen Mist steht, kann ich nichts dagegen tun. Die Erkenntnis trifft mich wie ein Schlag. Sie zeigt sich mir, ohne auf irgendeine Weise ihre Identität wahren zu wollen.

Sie rechnen nicht damit, dass ich hier lebend rauskomme. Angst läuft mir wie kochend heißes Wasser den Rücken hinunter. Jetzt stecke ich wirklich tief in der Scheiße!

Ich werde gepackt und auf die Füße gezerrt. Meine Arme werden auf den Rücken gedreht. Wie aus weiter Ferne höre ich das Einrasten von Handschellen. Mir gegenüber steht diejenige, für die ich erst kurze Zeit zuvor noch gearbeitet habe. Ich weiß, wie viel Macht sie besitzt. Erkenne es in ihrer aufrechten Haltung, in ihrem selbstsicheren Lächeln.

„Nun, Herr Jones. Wie geht es ihnen? Ich hoffe, sie hatten es nicht zu unbequem?"

„Hören sie auf damit!" Die Worte kommen mühsam zwischen meinen Lippen hervor. Wie ein Presslufthammer hebt und senkt sich

meine Brust. Ob es Erschöpfung oder Zorn ist kann ich nicht sagen. Die Frau lacht freudlos auf.

„Ich denke nicht, dass ihre Situation es zulässt, Befehle zu erteilen. Schauen sie mich nicht so erbost an. Ich weiß, wie sie sich fühlen."

„Wissen sie nicht!", unterbreche ich zornig. „Ich war mehrere Tage vor ihren Leuten auf der Flucht, habe kaum geschlafen und gegessen und wurde im Wald mit Betäubungsmitteln überwältigt. Ich habe keine Ahnung, wie lange ich eingesperrt war oder welchen Tag wir heute haben. Reicht ihnen das fürs Erste?" Die Frau seufzt tief.

„Sie haben mir eben keine Wahl gelassen. Ob sie mir glauben oder nicht, ich mag sie. Sehr gerne sogar. Ich weiß noch, wie sie bei ihrem ersten Arbeitstag in unserer Firma einen Systemfehler in unserer Software gefunden haben, der tagelang keinem von unseren Mitarbeitern aufgefallen ist. Sie hätten ganz groß herauskommen können, wenn sie sich nicht dazu hätten hinreißen lassen, ein Blick in diese Dokumente zu werfen."

„Okay, es reicht! Sie hatten ihren Spaß. Was haben sie mit mir vor?" Die Frau lächelt wieder.

„Sie müssen keine Angst haben. Sagen sie uns einfach, wo der USB-Stick versteckt liegt und wir lassen sie in Ruhe."

„Sie lassen mich hier verrotten, trifft es wohl besser, oder?" Die Verachtung in meiner Stimme ist nicht zu überhören. Die Situation ist sowieso hoffnungslos, da kann ich sie ruhig provozieren. Ich werde nicht nach ihrer Pfeife tanzen!

„Ich finde es schade, dass sie es so sehen, aber behaupten sie nicht, wir hätten es nicht freundlich versucht." Sie zieht sich bedeutungsvoll zwei Schutzhandschuhe an, lässt ihre Hand in eine Tasche gleiten und holt eine kleine Dose hervor. „Weißt du, was das ist?" Sie streckt sie mir entgegen. Stumm schüttele ich den Kopf, doch in mir keimt eine böse Vorahnung.

Die Dose enthält ein weißes Pulver.

Schweiß bricht mir am ganzen Körper aus. „Ich denke, ich muss ihnen nicht sagen, dass sie das, wenn möglich, vermeiden sollten."

Sie lässt sich etwas von dem Pulver vor meinem Gesicht durch die behandschuhten Finger rinnen. Jedes einzelne Körnchen ist im Dämmerlicht sichtbar, so nah ist sie. „Also?"

Stille. Nur das monotone Brummen in der Ferne. Vielleicht sind es Waschmaschinen. Vielleicht bin ich in einem Keller. Ich stehe da, knete meine Finger hinter dem Rücken und überlege fieberhaft. Jedes Gebäude hat einen Ausgang. Dieser Keller hat eine Tür. Und die ist gerade offen. Vor mir diese Frau. Neben mir ein Mann, vielleicht ihr persönlicher Bodyguard. Die Dose ist geöffnet. Plötzlich kommt mir eine Idee. Es ist kein ausgereifter Plan, doch ich habe keine Zeit mehr. Nur ein passender Tritt und dann würden sich der Wachmann neben mir entscheiden müssen. Seiner Chefin helfen, oder mir nachrennen. Im besten Fall würde ich ein wenig Vorsprung haben und mit etwas Glück ...

Die Frau vor mir schaut mir genau in die Augen und ich kann mir ein kleines Lächeln nicht unterdrücken. So leicht würde ich mich nicht unterkriegen lassen.

Kevin

11

Schockstarre. Wie betäubt starrten sie alle auf das schäumende Wasser tief unter ihnen. Für einen kurzen Augenblick sahen sie in dem rasenden Weiß noch das Plastik der Tüte, die sich wild in dem aufgewirbelten Wasser drehte. Über ihren Köpfen zitterte immer noch der Stumpf des abgebrochenen Astes und Kevin starrte in den Flusslauf.

„Das haben wir ja ganz toll hinbekommen." Wie immer war er der erste, der seine Sprache wiederfand. Kate warf ihm einen mörderischen Blick zu, mit dem sie locker in *StarWars* hätte mitspielen können, doch sie war bleicher als alle Fernsehleichen, die Kevin je gesehen hatte. Zusammen.

„Und außgerechnet jetzt haben wir kein Funkgerät! Scheiße! Wir müssen sie suchen. Sofort! Nehmt euch jeder eine Karte oder einen Kompass. Felix, du suchst rechts vom Wasserfall einen Weg nach unten. Kevin, du suchst links. Ich suche direkt am Wasserfall. Wir müssen irgendwie runterkommen und sie finden!" Ihre Stimme ließ keinen Widerspruch zu.

„Wenn sie nicht schon längst ertrunken ist", meinte Kevin trocken, doch da Kate einem aggressiven Tyrannusaurus Rex glich, ging er dann doch lieber aus der Schusslinie und machte sich auf den Weg. *Irgendwie hatte ich die ganze Zeit schon ein merkwürdiges Gefühl. Wie konnten wir uns auch so haarsträubend verlaufen? Mysteriös*, dachte er.

Nachdenklich bahnte er sich seinen Weg durch das Unterholz, immer bedacht, sich nicht zu weit vom Wasser zu entfernen, dessen Poltern ihn die ganze Zeit begleitete. *Irgendwo muss es doch einen Weg zum Flusslauf runter geben. Ich hätte nicht vermutet, dass die gute Katie so panisch reagiert. Ich dachte, wir interessieren sie einen Dreck, aber anscheinend habe ich mich getäuscht.* Immer weiter stapfte Kevin durch das Unterholz. Seine müden Beine schmerzten, aber er beachtete es nicht. Dann war der Weg zu Ende. Vor ihm lag ein steiler Abhang, der bestimmt fünf bis zehn Meter in die Tiefe fiel. So ziemlich senkrecht. Als würde die gesamte Landschaft eine Stufe machen.

„Okay, ich bin mir nicht hundertprozentig sicher, aber ich glaube nicht, dass dieser Weg ein Sonntagsspaziergang wird", teilte er der Umgebung mit und versuchte, eine eventuelle Kletterrute auszumachen. Ergebnis: Aussichtslos. Irgendjemand würde sich garantiert verletzten und dann müsste nicht nur Mika, sondern auch noch die restliche Gruppe gerettet werden. *Das ist jetzt unpraktisch.* Er ließ seinen Blick am Abhang entlangwandern und stellte fest, dass das mindestens ein paar Kilometer so weiter ging. Keine Chance. Es würde zu viel Zeit in Anspruch nehmen. Bis sie da hinuntergekraxelt waren, würden Mikas Überlebenschancen bestimmt nicht mehr ganz so toll aussehen. Schulterzuckend drehte er sich um und machte sich auf den Rückweg. Sein Bedenken hielt sich relativ in Grenzen. Es würde sich schon alles irgendwie regeln. Wozu also die Sorge?

„WOZU DIE SORGE?" Kate holte aus und der Schlag ließ Kevins Wange brennen.

„Hast du schonmal darüber nachgedacht, mit Boxen anzufangen? Oder boxt du schon? Der Schlag war echt gut." Kevin grinste, wofür seine andere Wange kurz darauf ebenso brannte.

„Du bist das größte und egoistischste Arschloch, das ich jemals kennengelernt habe! Bist du dir eigentlich der Situation bewusst? Mika könnte schon tot sein!" Kevin betastete vorsichtig sein Gesicht und zog es vor, Kate nicht noch mehr zu provozieren. Es machte zwar Spaß, aber jetzt war ihm das Risiko zu hoch. Sie schien richtig in Fahrt zu sein.

„Wir sollten jetzt nicht streiten, also wie kommen wir schnellstmöglich runter? Ich will hier nicht warten und diskutieren.

Das Leben meiner Schwester steht auf dem Spiel!" Felix war aus seinem immerwährenden ich-denke-angestrengt-nach-und-schaue-kryptisch-in-der-Gegend-umher Dauertraum aufgewacht. Wahrscheinlich bedeutete ihm seine Schwester doch mehr, als er zugeben wollte. *Interessant.*

„Hey, seit wann bist du so eng mit Mika?" Zum ersten Mal seit ihrer noch nicht wirklich ausgereiften freundschaftlichen Beziehung wurde Felix blass. Wirklich ungesund blass. Beinahe so blass wie Kate. *Obwohl?* „Entspann dich, Kumpel. Wir werden sie schon retten", meinte Kevin gelassen und betrachtete seine Fingernägel.

„Wenn du das nicht auf der Stelle zurücknimmst, bringe ich dich eigenhändig um. Und zwar ohne zu zögern!" Kate war erstaunlich ruhig dafür, dass sie es wohl so ziemlich ernst meinte. Kevin seufzte theatralisch.

„Ich bin ja schon ein bisschen verblüfft. Unsere Gruppe war bis vor kurzem noch so was von am Arsch und jetzt macht ihr ein Drama, als würden wir uns schon seit Jahren kennen." Kate sah so fassungslos aus, dass Kevin nun doch lieber noch schnell hinzufügte: „Aber ist schon gut. Wir finden einen Weg". Kate musterte ihn aus zusammengekniffenen Augen und ballte die Fäuste.

„Es steht ein Leben auf dem Spiel! Ein LEBEN! Warum macht es dir Spaß, mich zu provozieren? Ist dir Mika wirklich so egal?"

„Vergiss es doch einfach wieder und ... hey, Felix? Wo gehst du denn hin?" Felix war auf seine erstaunlich leise Art zum Rand des Wasserfalls gegangen und starrte in die Tiefe.

„Oh nein! DAS KANNST DU SO WAS VON VERGESSEN!", brüllte Kate und rannte los. Kevin folgte ihr.

„Ich kann das nicht zulassen, versteht ihr?" Er klang gefasst und ernst. Fast schon unheimlich, wie er dastand. So nah am Abgrund.

„VERGISS ES! SCHLAG ES DIR AUS DEINEM KOPF!" Kate brüllte nun vor Wut, doch es brachte nichts. Felix zögerte nur Sekunden und ließ sich in die Tiefe fallen. Wie vom Donner getroffen sah Kate seinem fallenden Körper nach. Kevin kam herangeschlittert. Er warf Kate einen Blick zu. Sie schien mit sich zu kämpfen, doch sie wusste wohl, auf was die Sache hinauslaufen würde. Aus den Augenwinkeln sah er, wie sie hastig etwas aus ihrem Rucksack holte und es seitlich in ihren Schuh schob. Es sah aus wie ein kleines Handy. *Hä?*

Kate bemerkte seinen Blick und steckte ihren Gruppen-Peilsender in die Hosentasche. Ihre Augen zuckten unruhig hin und her.

„Wir lassen unsere Sachen hier. Nehm das Wichtigste mit! Wir müssen einen schnellen Weg nach unten finden!" Kevin konnte die Gelegenheit nicht ungenutzt lassen. *Zeit für ein bisschen Provokation!*

„Oke-dokey. Versuchen wir unser Glück. No risk, no fun!" Er lächelte, spürte seinen Puls in die Höhe schnellen und stürzte dann rückwärts nach hinten. In den Wasserfall.

„IHR IDIOTEN! WISST IHR, WAS IHR SEID? KINDERGARTENKINDER! KEINE VERNUNFT, KEINE VERANTWORTUNG UND KEIN BISSCHEN INTELLIGENZ." Das letzte, das Kevin noch von Kate hörte, war ihre vor Wut überschlagende Stimme.

12

Kevins Augen waren geschlossen. Er spürte das kalte Nass des fallenden Wassers um sich. Er fiel.

Die Schwerkraft schien aufgehoben, doch er fühlte sich wie ein unglaublich schwerer Stein, der ohne Widerstand immer weiter stürzte. Sein Herz raste, er spürte das Adrenalin. Es schoss durch seinen Körper und er hatte das Gesicht unbemerkt zu einer fratzenartigen Grimasse verzogen, den Mund für einen stummen Schrei geöffnet. All das bemerkte er nur in bruchteilhaften Millisekunden, an die er sich später nicht mehr erinnern konnte. Alles, was er von diesem Sturz behielt, war der bescheuerter Gedanke: I believe I can fly!

Der Aufschlag nahm ihm das Bewusstsein. Er wusste nur noch, dass Schmerz ihn wie ein glühendes Messer durchstieß und alles für einen kurzen Moment aufblitzte. Dann wurde er in eine Schwärze gerissen, die ihm alle Erinnerungen nahm und ihn mit sich forttrug.

13

Stille. Dunkelheit.

„Kevin? Hörst du mich? Kevin!" Da war diese Stimme, die ihn an irgendetwas erinnerte. Leise und fern, gedämpft. Was war das? „Kevin, wenn du mich hörst, dann gib mir irgendein Zeichen. Bewege deine Hand oder so. Bitte!" Was wollte die Stimme? Jetzt berührte ihn irgendwas. War es die Schulter? Ja, jemand rüttelte ihn sacht. Wie konnte man nochmal irgendwas bewegen? Was waren überhaupt die Hände? Erst jetzt bemerkte er, dass er atmen konnte. Vielleicht konnte er auch sprechen? Aber alles, was seine Kehle erzeugte, war ein kaum hörbares Keuchen. Neben ihm hörte er erleichtertes Aufatmen.

„Er versteht mich!", rief diese Stimme unangenehm laut neben ihm.

„Gut. Dann musst du ihm nur noch Zeit geben." Wer hatte da geantwortet? Unglaublich langsam begann sich der Nebel in Kevins Kopf zu lüften. Eine Tür fiel zu.

„Du musst dir keine Sorgen machen. Es ist sehr wahrscheinlich, dass du wieder auf die Beine kommst." Es war, als hätte man ein Licht in ihm angeknipst. Das war Mika! Andere Erinnerungsfetzen kamen in Reichweite und Fragen begannen sich in seinem Kopf zu bilden. Er versuchte es wieder mit Sprechen, doch er brachte kein Wort heraus.

„Kevin ist wohl seine Stimme abhandengekommen. Schade, er war doch immer so schön ironisch!" Kate! Das war Kates Stimme! Sie klang noch ziemlich mitgenommen, doch irgendwie auch verärgert.

„Okay, gut. Dann werde *ich* jetzt mal ironisch, lieber Kevin. Ich weiß, dass du sehr weise und gut überlegte Entscheidungen triffst, daher bin ich ein bisschen verwirrt, dass du OHNE nachzudenken einen WASSERFALL hinuntergesprungen bist!" Mika seufzte neben ihm.

„Ich glaube, er hat seine Lektion inzwischen gelernt."

„Hat er das?" Kate schien vor Wut zu rauchen. „Das will ich doch stark hoffen! Ich bin nämlich HINTERHERGESPRUNGEN. Dabei dachte ich noch, ich hätte mehr Verstand als Kevin und Felix zusammen! Bei deinem Bruder kann man es ja noch verstehen, aber ich sehe Kevins ach-so-überlegenes Grinsen immer noch vor mir!" Sie atmete hörbar tief ein. „Mir würden da außerdem noch ein paar Fragen einfallen: Wann, wer, wo, was, warum, wie!"

„Hört zu. Ich weiß nicht, wer diese Leute sind, oder wo wir uns genau befinden, aber ohne sie wäre Kevin nicht mehr am Leben, oder?" Mikas Stimme zitterte ein wenig.

„Sie haben uns an diesem verdammten Wasserfall aufgegabelt und Kevin einfach mitgenommen!" Kate klang immer noch zornig. „Und ja, Kevin wäre vielleicht gestorben, aber es wäre doch recht nett gewesen, wenn sie stattdessen einfach einen Rettungshubschrauber gerufen hätten! Außerdem haben sie uns durchsucht, den verdammten Peilsender in meiner Hosentasche gefunden und zerstört! Wie sollen wir denn jetzt noch gefunden werden? Was soll das???" Der Ansatz eines Lächelns hatte Kevins Mundwinkel nach oben gezogen. Kate war eben Kate.

„Ich kann dir gar nicht sagen, wie froh ich bin, dass du wieder aufgewacht bist. Wir haben uns solche Sorgen gemacht! Du hast eine leichte Kopfverletzung. Kates und Felix' Bericht nach bist du bei diesem Sprung gegen einen Felsen geprallt!"

„Hoffen wir mal, dass Kevin sich schnell wieder erholt." Felix' Stimme.

„Wenn man den Fremden trauen kann!", feuerte Kate noch hinterher.

„Ich denke schon. Sie haben mich auch verletzt am Flussufer gefunden und mir geholfen. Die Frau meinte, sie hat früher mal in einem Krankenhaus gearbeitet. Außerdem geht es Kevin wieder besser."

„Aber wenn sie wirklich so nett sein sollten, wie du glaubst, warum haben sie uns dann hier eingesperrt?" Mika seufzte wieder.

„Ich weiß es nicht", gab sie schließlich zu. Kevin versuchte, die Augen zu öffnen, doch seine Lider waren schwer wie Blei. „Du musst etwas trinken", meinte Mika neben ihm und er hörte, wie sie eine Wasserflasche öffnete.

Nicht lange danach driftete er wieder in einen tiefen, traumlosen Schlaf zurück.

Als er das nächste Mal erwachte, wusste er nicht, wie viel Zeit vergangen war. Anscheinend aßen die anderen gerade, denn neben dem Rascheln der Verpackungen beschwerte sich Kate lauthals über den umweltschädlichen Plastikmüll. Mika versuchte, die Situation mit einem beschwichtigendem „immerhin haben wir überhaupt etwas zu essen", zu entschärfen.

Kevin stellte erleichtert fest, dass es ihm gelang, seine Finger wieder etwas zu bewegen und die Zehen zusammenzukneifen. Ein guter Anfang. Außerdem konnte er seine Augen wieder öffnen. Mika und Kate diskutierten heftig, während Felix schweigend daneben saß. Vor ihnen lag in Plastik eingeschweißtes Fastfood, das genauso ekelhaft aussah, wie es wahrscheinlich schmeckte. Aber da alle schon länger nichts mehr zum Essen gehabt hatten, griffen sie gierig zu.

Einen weiteren Tag später ging es Kevin wieder so gut, dass er sich mit Hilfe aufsetzten konnte. Er verschlang alles Essbare, was er in die Finger bekam und war sich bewusst, dass er viel zu schnell aß, doch er konnte nicht anders. Es schmeckte in diesem Moment besser als alles, was er je zuvor gegessen hatte. Das lag aber wahrscheinlich mehr an seinem Hunger als am Essen.

„Sagt mal, wisst ihr eigentlich, welchen Tag wir heute haben?" Kate ignorierte ihn völlig. Sie war garantiert noch sauer wegen dem Sprung.

„Ich bin mir nicht sicher, aber ich denke, dass jetzt Donnerstagabend ist." Felix deutete auf das Abendlicht, das durch die Spalten der Holzlattenwand fiel.

„Also, so langsam werden unsere ‚Gastgeber' mir unheimlich", unterbrach Kate ungeniert das Thema. „Sollte es ihnen nicht langsam leid werden, uns durchzufüttern? Warum schließen sie uns hier ein? Wir haben nichts mehr! All unser Gepäck liegt jetzt sinnlos am Wasserfall rum! Wieso bringen sie uns nicht einfach in das nächste Krankenhaus? Ich sage euch, sie haben etwas mit uns vor!" Ein langes Schweigen breitete sich aus.

„Ich dachte, tiefer in die Scheiße geht's nicht", meldete sich Kevin schwach zu Wort.

„Ach, Kev. Zerbreche dir darüber mal nicht deinen empfindlichen Kopf. Wir regeln das schon." Oh, oh. Kate klang immer noch extrem angepisst. Nicht sehr vorteilhaft. Kevin betastete seufzend den dicken Verband um seinen Kopf. Die fremde Frau hatte ihn schon zweimal erneuert, ohne dabei auch nur ein Wort zu sagen. All ihre Fragen hatte sie mit eiskaltem Blick ignoriert.

Es war (wahrscheinlich) Freitagmorgen. Das offizielle Ende ihrer Tour. Allerdings sollte ihre Route bestimmt nicht hier enden. Schöner Mist. In den Tagen zuvor stand Essen, Trinken und der saubergespülte Eimer, der ihr Klo ersetzte, immer schon morgens da. Dieses Mal allerdings erwarteten sie stattdessen die Frau, die Mika gefunden hatte und der Mann, der die anderen hergebracht hatte. Kevin bemerkte sie als Erstes. Auch die anderen rappelten sich nach und nach müde auf.

Kevin lehnte sich erschöpft gegen die Wand. Zwar hatten der Schwindel und der Schmerz deutlich nachgelassen, aber er musste trotzdem noch die Zähne zusammenbeißen, wenn er sich aufsetzen wollte.

„Ihr seid also die Testpersonen dieser neuen Schnitzeljagt", eröffnete der Mann unwirsch das Gespräch. „Unseren Informationen nach seid ihr Mika und Felix Forster, Kevin Morgen und Kate Anderson. Also, wer von euch ist wer?" Nach einem kurzen Schweigen stand Kate betont lässig auf und brachte ihre Größe genugtuend zum Ausdruck. Sie war auf gleicher Augenhöhe wie der Mann.

„Zuallererst mal hätten *wir* ein paar Fragen." Ihre Stimme war klirrend kalt. „Wie haben sie uns gefunden? Warum halten sie uns hier gefangen? Warum haben sie sich die Mühe gemacht, uns zu versorgen, wenn sie uns sowieso nicht freilassen wollen? Was haben sie mit uns vor und wie lange …". Bevor sie ihre Frage beenden konnte, war der Mann mit einer wahnsinnig schnellen Bewegung nach vorne geglitten. Mit einer Hand zerrte er ihren Kopf an den Haaren zurück, mit der anderen drückte er ihr die blanke Klinge eines Messers an den Hals. Kate verstummte augenblicklich. Totenstille breitete sich im Raum aus.

„Was wolltest du nochmal fragen?", zischte der Mann ihr ins Ohr. Kevin bemerkte, wie Kate ihre Fäuste geballt hatte, doch sie zitterte vor Anspannung.

„Passen Sie bloß auf. Eine falsche Bewegung und sie bewerben sich für viele Jahre Gefängnishaft." Kevin konnte in diesem Moment nicht anders, als über Kate zu staunen. Er nahm ihre Angst nur zu gut war und konnte nur ahnen, wie viel Überwindung es sie gekostet haben musste, so etwas zu sagen. Der Mann zeigte keine Regung, doch an der Art, wie das Messer sich fester an Kates Hals drückte, konnte Kevin seine Wut erkennen. Ein dünnes Rinnsal Blut träufelte die Klinge hinunter. Kate atmete flach und keuchend.

„Ed, hör auf!" Fluchend stieß der Mann Kate nach hinten gegen die Wand und fuhr zornig herum.

„Was soll das?", fuhr er seine Kollegin an.

„Leichen bringen uns nur unnötige Aufmerksamkeit!"

„Entspann dich, Caro, ich hätte sie schon nicht getötet." Mit nacktem Entsetzten sahen sich die Jugendlichen an. Kate lehnte zitternd an der Wand und starrte die zwei Entführer starr vor Schreck an.

„Was haben wir ihnen getan? WAS?"

„Kate...". Mika legte ihr beschwichtigend die Hand auf die Schulter.

„Wissen sie, was sie getan haben? Sie haben vier Jugendliche entführt und ich sage ihnen was", sie bebte vor Zorn, als sie erneut auf die Füße sprang. „Es kann vielleicht sein, dass sie denken, man kann ihnen nichts anhängen und sie kommen hier ganz ungeschoren aus der Sache raus, aber man wird uns suchen, verstehen sie? Und man wird uns finden!" Kevin konnte es nicht fassen. So außer sich hatte er Kate noch nie erlebt. Was war mit ihr los? Wenn sie so weitermachte, würde die ganze Sache gigantisch schlecht für sie ausgehen.

„Wir. Sind. Nicht. Allein! Man wird uns helfen. Ich habe eine Mutter, die kommen wird! Sie hat sich zwar die letzten siebzehn Jahre nicht blicken lassen, aber sie ist da! Hört ihr? SIE IST DA! Sie wird kommen und wenn es erst in zehn Jahren ist. ICH. BIN. NICHT. ALLEIN!!!"

Ein knallender Laut ließ sie alle zusammenzucken. Kevin öffnete die Augen. Kate lag stöhnend am Boden. Der Mann stand da und rieb sich die roten Handflächen. Er hatte ihr eine Ohrfeige verpasst.

Mika war keuchend aufgesprungen, Felix hatte sein Gesicht in den Händen vergraben und Kevin saß mit vor Schrecken geweiteten Augen an der Wand. *Ach du große Scheiße!*

„So, die ist jetzt erstmal ruhig", knurrte der Mann genervt.

„Das war unnötig", brummte die Frau. „Bitte, sagt uns doch einfach kurz, wer ihr seid. Glaubt mir, es wird euch erstmal nichts passieren." *Erstmal. Wie beruhigend.*

„Mika Forster", sagte Mika ergeben mit tonloser Stimme.

„Felix Forster". Kevin war verzweifelt. Je mehr die Verbrecher über die Gruppe wussten, desto gefährlicher wurde es für die Vier. Andererseits, was konnte er dagegen tun?

„Kevin Morgen", sagte er schließlich leise nach längerem Zögern. Hoffnungslos. Die Situation war hoffnungslos.

„Und wie heißt sie?"

„Das ist Kate ... Anderson." Die Frau nickte nachdenklich.

„Ed, wir müssen reden." Der Mann schnaubte verächtlich, warf den Vier noch einen warnenden Blick zu und verschwand dann mit der Frau nach draußen. Die Tür fiel krachend ins Schloss und wurde von außen abgeschlossen.

14

„Kate!" Mika stürzte zu ihr. Felix folgte ihr und schüttelte Kate behutsam an der Schulter, doch sie regte sich nicht. Kevin beobachtete sie kurz. Er hoffte auch, dass es Kate gut ging, aber gerade wollte er eher etwas anderes wissen. *Was bereden diese Caro und dieser Ed? Sind es eigentlich die Abkürzungen für ihre echen Namen? Wieso sind sie so unvorsichtig?*

Er hievte sich auf die Beine, humpelte mühsam zur Tür und drückte sein Ohr dagegen, doch alles, was er vernahm, war dumpfes Gemurmel. *Verdammt!*

Vielleicht war das ihre einzige Möglichkeit, etwas über ihre Entführer zu erfahren. Was konnte er tun? Rasend schnell schossen ihm alle möglichen Einfälle durch den Kopf, die er irgendwann mal in irgendwelchen Filmen gesehen hatte und er hatte *wirklich* viele Filme gesehen. Für die meisten Möglichkeiten fehlte ihnen jedoch das nötige Material. Aber vielleicht …

„Leute, hat jemand von euch etwas Dünnes, Spitzes dabei? Eine Haarklammer oder so?" Verwirrt blickten die Geschwister ihn an, dann verstand Mika.

„Ich trage nie Haarklammern, tut mir leid. Draußen in dem Schrank habe ich Nadeln gesehen, aber da kommen wir leider auch nicht heran." Enttäuscht sanken Kevins Schultern nach unten, als Felix plötzlich aufsprang, zu ihrem improvisierten Schlafplatz rannte und mit den Händen den Boden absuchte.

„Sie müssten doch", murmelte er vor sich hin, „hier irgendwo liegen." Endlich stand er auf und hielt mehrere verbogene Büroklammern hoch. „Die haben mir heute Nacht die ganze Zeit in den Rücken gepiekst." Kevins Augen leuchteten vor Aufregung. Hastig schnappte er sich die Klammern.

Hoffentlich ist es so einfach, wie es immer aussieht! Mit vor-Konzentration-verzogener Miene schob er zwei der Drahtstücke in das Schlüsselloch. *Warum sieht es immer nur nach einfachem Herumstochern aus und dann springt die Tür von alleine auf? Dumme Frage, damit es cooler aussieht. Schöner Mist.* Wahrscheinlich wurde gerade etwas Wichtiges besprochen und sie würden es nicht mitkriegen, weil er das verfluchte Schloss nicht aufbekam!

„VERFICKTE DRECKSKACKE!" Im letzten Moment hielt er sich davon ab, gegen die Tür zu treten. Es wäre schon erstaunlich, wenn die Verbrecher seinen Ausbruch durch die dünne Tür nicht gehört hätten. Einen Tritt gegen das alte, morsche Holz könnte seine letzten Hoffnungen den Bach runterschicken.

„Kevin, beruhige dich. Das bringt doch nichts." Mika nahm ihm die Klammern aus der Hand. „Lass mich mal versuchen." Frustriert starrte Kevin auf die Tür, während Mika geschickt an dem Schloss herumhantierte. Einige Sekunden später öffnete es sich mit einem leisen Klicken.

„Wie hast du ...?" Mika zuckte die Schultern.

„Wenn einem oft langweilig ist." Kevin nickte kurz und drückte dann die Tür einen Spalt breit auf. Mika flüsterte ihm noch hinterher, dass sie bei Kate bleiben würde, aber Kevin hörte es schon gar nicht mehr. Leise schlicht er auf den Gang hinaus, den Rücken gegen die Wand gepresst und kniete sich dann hinter ein paar Kisten mit Krempel. Kurz wurde ihm wieder schwindelig, doch er unterdrückte jeden Laut und beobachtete den Mann und die Frau, die ein paar Meter entfernt hitzig diskutierten.

„Mir gefällt unsere Lage überhaupt nicht! Warum haben wir jetzt diese lästigen Nervensägen am Hals?"

„Du weißt, wir hätten sie nicht einfach so dort liegen lassen können! Spätestens in ein paar Tagen hätte es hier von Rettungskräften und Polizei nur so gewimmelt. Ich bin mir sicher, es sind die Kids von dieser Testtour, Edward. Ich habe den

Polizeifunk abgehört. Sie sind schon als vermisst gemeldet! Wie könnten wir da noch in Ruhe nach diesem USB-Stick suchen?"

„Und trotz dieser genialen Entscheidung haben wir immer noch keinen Schimmer, wo das Teil steckt und weißt du, was das heißt? Es geht uns beiden an den Kragen, denn was interessiert es unsere Chefin, wenn nur du deinen Job vermasselst hast? Sie hat uns in der Hand und ich will nicht im Gefängnis enden! Caro, wir stecken da beide mit drin!" Wütend verschränkte er die Arme vor der Brust.

„Du schiebst *mir* also alles in die Schuhe?! Wir hatten keine andere Wahl oder willst du in die nächste Stadt marschieren und sagen: ‚Hallo, also ich habe da diese Kinder verletzt im Wald gefunden und gehe jetzt mal wieder'? Wir müssen verdeckt bleiben! Niemand darf wissen, dass wir hier sind!"

„Wirfst du mir vor, unseren Auftrag nicht verstanden zu haben? Fangt Jones lebend und findet den USB-Stick. Niemand soll davon erfahren!"

„Ich kenne die Anweisungen", fuhr sie ihn wütend an, „aber von Kidnapping und Mord war nicht die Rede!"

„Uns bleibt trotzdem nicht mehr viel Zeit. Was machen wir mit den Kindern?"

„Sie wissen nichts davon."

„Aber sie kennen unsere Gesichter!" Die Augen des Mannes verengten sich zu zwei bedrohlichen Schlitzen.

„Das ist ein Problem, aber wenn wir sie genügend einschüchtern ..."

„Du hast von Anfang an deine Identität offen auf den Tisch gelegt, als du dieses Mädchen am Fluss gefunden hast!"

„Hör auf mit den Beschuldigungen. Das bringt doch jetzt nichts!" Die Frau massierte sich die Schläfen.

„Okay, und was schlägst du vor? Wir müssen sie unbedingt aus dem Weg schaffen."

Kevin hatte das schon vermutet, doch es fühlte sich trotzdem an wie ein Schlag in den Magen. Die Frau ließ die Hände sinken.

„Heute ist das offizielle Ende dieser Tour. Wenn sie nicht bald auftauchen, wird es nicht mehr lange dauern bis die Presse anrückt. Die Suchaktionen werden an dem Wasserfall, dem zuletzt georteten Standpunkt der Kinder, starten und diese Hütte liegt nicht weit genug davon entfernt! Wie siehst du darin noch den Hauch einer Chance, Jones zu suchen? *Unbemerkt.*" Der Mann knurrte unwillig.

„Was würdest du denn machen, wenn ich fragen darf?!" Die Frau dachte einige Sekunden nach.

„Den Kindern drohen, die Klappe zu halten und sie laufen lassen. Sie wissen nicht, wo sie sich genau befinden. Wir könnten sie orientierungslos irgendwo weit entfernt von hier im Wald aussetzten und der Polizei einen anonymen Hinweis geben. Wir müssten nur dafür sorgen, dass unsere Nachricht nicht zurückverfolgt werden kann, aber die Polizei würde sich wahrscheinlich zuerst auf die Rettung der Kinder fokussieren. Der Wald ist groß. Bis die Vier gefunden werden würden, hätten wir mindestens noch ein paar Tage Zeit. Du wirst schon sehen. Bevor unsere Nachricht in den Fokus rückt, haben wir Jones und den USB-Stick gefunden und sind hier weg." Der Mann schlug stöhnend die Hände über dem Kopf zusammen.

„Wenn das gutgeht, bin ich der König der Unterwelt. Das ist zu viel Risiko, Caroline."

„Was sollen wir denn sonst tun?" Edward rieb sich ungeduldig die Hände.

„Wenn diese Entscheidung alles verpatzt, schreibe ich das auf dein Konto, Caro. Aber okay, es erscheint mir halbwegs sinnvoll."

Die beiden nickten sich müde zu und die Frau ging zu einem kleinen Schrank herüber. Vorsichtig zog sie die Schublade auf, entfernte zu Kevins Überraschung einen doppelten Boden, und … ach du große Scheiße! … holte zwei Knarren daraus hervor. Mitsamt Patronen und Handschellen. *Verdammt, ich muss zurück zu den anderen!* Erst jetzt wurde Kevin das Ausmaß seiner Aktion bewusst. Wenn die Gangster merkten, dass er gelauscht hatte, würden sie die vier garantiert sofort umbringen. Ohne Wenn und Aber. *Shit, shit, shit!* Mit donnerndem Herzen begann er Millimeter für Millimeter rückwärts zu kriechen. Der Schweiß schoss ihm aus allen Poren und sein Kopf begann erneut unangenehm zu pochen. *Scheiße!* Der Schatten, den die dunkle Wand verteilte, nahm ihn erfreut auf. Stück für Stück richtete er sich auf bis er sich mit unterdrücktem Keuchen an die Wand presste und sein Überlebensinstinkt richtete sein gesamtes Denkvermögen auf ein Ziel: Fliehen.

Der Ausgang lag nicht mehr als zehn Meter entfernt, doch er bewegte sich nicht. Seine Beine waren wie bewegungsunfähig und es lag nicht an seiner Verletzung. Nein, es lag daran, dass ihm plötzlich klar wurde, dass er die anderen nicht im Stich lassen würde.

Sie waren keine Freunde, aber sie hatten so viel zusammen durchgemacht, dass das schlechte Gewissen wie heiße Asche in ihm glühte. Allein bei dem Gedanken. *Nein.* Er sorgte sich nicht um sie, aber sie waren ihm auch nicht komplett egal. Es war nur gerecht, wenn er ihnen half. Er konnte sie nicht zurücklassen in dem Wissen, dass sie ihm in der Situation geholfen hätten. Mika zumindest und Felix wahrscheinlich auch. Bei Kate war er sich nicht sicher, aber er würde sie nicht betrügen. Er würde fair bleiben.

Langsam schob er sich zurück auf ihren Raum zu. Meter für Meter. Die Geräusche der Gauner drangen zu ihm durch. Er wusste, sie würden gleich in den Gang kommen und wenn sie die Tür offen vorfinden würden, war alles verloren. *Schnell!* Er löste sich von der Wand und begann zu laufen. Behutsam. Leise. In diesem Moment kam Felix aus der Tür.

„Kevin, was …?" Kevin legte mit Nachdruck den Finger an die Lippen, zerrte Felix in den Raum zurück und zog die Tür zu, die sich mit einem Klicken selbst verschloss. *Gerade noch rechtzeitig!* Die Verbrecher kamen hereingestürmt.

„Hände hoch und umdrehen!" Waffen! *Sie werden uns nichts tun! Sie werden uns nichts tun! Sie werden uns nicht tun!* Es brachte nichts. Kevins Puls jagte auf hundertachzig hoch. Er verschränkte die Hände über seinem Kopf und drehte sich um. Seine Arme wurden nach unten gerissen. Er presste seine Augen zusammen und wünschte sich, dass nichts von alledem real war. Doch natürlich ignorierte das Universum seinen Wunsch. Neben sich hörte er Mika scharf einatmen, als die Handschellen einrasteten. Langsam öffnete er die Augen wieder. Nur Felix wirkte einigermaßen gefasst. *Wie schafft er es nur, so ruhig zu wirken???* Dieser Junge machte ihn echt fertig! Aus den Augenwinkeln sah er Kate, die echt mitgenommen wirkte, doch sie versuchte tatsächlich, Edward mit einem Armhebel die Waffe abzunehmen. Sah nach Aikido aus. Vielleicht hätte es auch geklappt, wenn Kate nicht in einem so fürchterlichen Zustand gewesen wäre. WUMMS. Mr. Scheißdrecksidiot höchstpersönlich hatte ihr wieder eine reingehauen. Kevin kniff die Augen erneut zusammen, spürte Tränen der Wut und der Angst in sich hochsteigen und hoffte, dass Kate mit nicht mehr als starker Migräne aus der Sache herauskam. Hoffte, dass sie überhaupt je wieder lebend aus dem Ganzen herauskommen würden. Die Verzweiflung in ihm schwoll an und wuchs zu einem gigantischen schwarzen Loch. Panik. Es war pulsierende, brennende Panik.

„Ihr wisst nicht, wer wir sind und was wir hier machen. Ihr vergesst alles! Zwingt uns nicht, euch mit härteren Mitteln zum Schweigen zu bringen!" Etwas drückte sich gegen seinen Hinterkopf. Kaltes, hartes Metall. Eine Bewegung würde ausreichen, würde eine Kugel in seinen Kopf bohren, würde sein Leben beenden, würde mit einem Schlag alles auslöschen. Erinnerungen, Ängste, Gedanken. Alles. Kevin nickte. Langsam. Tief einatmend. Ein feuchtes Tuch drückte sich gegen sein Gesicht. Langsam driftete alles davon und er konnte sich an nichts mehr erinnern.

15

Ruckeln. Leicht. Hin und her. In seinem Kopf schienen schwere Steine zu rollen. *Verdammte Scheiße, hoffentlich gehen die Kopfschmerzen irgendwann in diesem Leben wieder weg!* Er versuchte, sich zu bewegen. Fehlanzeige. Ging nicht. Vorsichtig öffnete er die Augen. Verschiedene Grautöne verschmolzen mit der Dunkelheit und begannen sich in einem anbahnenden Schwindelanfall zu drehen.

„Leute? Wo seid ihr?" Seine Kehle war staubtrocken. Die Erinnerungen kamen nach und nach wieder. Die Gruppe, die zwei Fremden, die letzten Tage, das Gespräch. *Wie lange war ich bewusstlos? Wo bin ich?* Es ruckelte erneut leicht. *Ein Schlagloch!* Er war in einem Wagen! Sein Blick wanderte herum. Immer noch diese Dunkelheit. Der Boden unter ihm war hart und sein schnaufender Atem schien leise widerzuhallen. *Wahrscheinlich ein Lastwagen oder ein Truck.*

„Hallo? Ist sonst noch jemand hier?" Stille. Leises Rauschen. Dunkelheit. Ein weiteres Schlagloch. Ein Stöhnen! Dort war noch jemand!

„K … Kevin?" Felix! Das war Felix! „Wo sind … wir?" Der Wagen lehnte sich in eine Kurve und Kevin spürte, wie er über den harten Boden schlitterte und gegen ein Hindernis stieß. Eine Wand? Ein erneutes Stöhnen.

„Ist … ist bei euch alles … okay?" Aus einer anderen Richtung in der Dunkelheit hörte er Mika.

„Wie definierst du ‚okay'?" Der Wagen rumpelte heftig und Kevins Kopf schlug hart gegen die Wand. Er wollte Felix antworten, doch die pochenden Kopfschmerzen ließen ihn keinen logischen Satz mehr zustande bekommen.

Kies knirschte unter den schweren Reifen. Der Wagen kurvte mal nach links, mal nach rechts, bremste ab oder jagte die Geschwindigkeit hoch, sodass man den Motor aufjaulen hörte und die Reifen quietschend durchdrehten. Kevin spürte seinen Magen rumoren und unterdrückte mit aller Macht den aufkommenden Brechreiz. *Was für eine Höllenfahrt!* Endlich verringerte sich das Tempo und schließlich kam der Wagen zum Stehen. Erleichtert schnappte Kevin nach Luft und fing, ohne es zu wollen, an zu würgen. Ihm war so schlecht wie schon lange nicht mehr.

Ein Riegel wurde kratzend zurückgeschoben und Türen schwangen auf. Warmes, helles Licht strömte in die Dunkelheit und vertrieb ansatzweise die stickige Luft. Kräftige Hände packten ihn, lösten die Handschellen, zerrten ihn auf die Beine und hievten ihn halb aus dem Truck. Kevin bemerkte den weichen Waldboden, sank auf die Knie und spürte, wie sein Magen sämtliche Nahrung der letzten Stunden nach oben pumpte. Keine Chance. Keuchend übergab er sich. Die Erleichterung durchflutete ihn wie eine Welle, als er anschließend nach hinten kippte. Schritte waren zu hören, zuknallende Fahrzeugtüren und der knurrende Motor, als der Wagen sich wieder entfernte. *Sie sind weg. Endlich.*

Die Blätter raschelten, die Zweige bogen sich sacht im Wind, vereinzelte Vögel zwitscherten in den späten Morgen hinein. Nach einer Weile richtete er sich vorsichtig auf und kniff die Augen gegen den Schwindel zusammen. Sie waren alle hier. Keiner von ihnen war gefesselt.

Mika und Felix schien es halbwegs gut zu gehen, Kate war immer noch bewusstlos. Stück für Stück wichen Schmerz und Schwindel zurück und machten Platz für Erinnerungen. Yeah. War doch schon mal ein Anfang. Ironie. Wenn es die nicht gäbe. Mika richtete sich behutsam auf und strich sich über ihre wild abstehenden Haare. *Irgendwie süß.* Als ob man in so einer Situation nichts Besseres zum

Nachdenken hätte. Felix schaute sich verzweifelt um und Kate atmete flach, aber gleichmäßig vor sich hin. *Gut!*

Mit einem Blick auf Kate seufzte Mika. „Wie wäre es, wenn du uns das Gespräch zwischen den Verbrechern schilderst? Es dauert eh noch ein bisschen bis wir wieder auf die Beine kommen." Kevin nickte gedankenverloren.

„Na schön …".

16

Mit brüchiger, müder Stimme erzählte Kevin von diesem Jones, von seiner Flucht und von den geheimnisvollen Auftraggebern. Als er bei dem USB-Stick ankam, bemerkte er aus dem Augenwinkel, wie Mikas Gesicht für den Bruchteil einer Sekunde einen entsetzten Ausdruck annahm. Als er sich aber zu ihr drehte, schaute sie wieder besorgt.

Seit Mikas und Kates Gespräch mehrere Tage zuvor war sie viel schwerer zu deuten. Warum dieser entsetzte Blick? Wusste sie mehr, als sie zugab? *Keine Ahnung, zum Henker nochmal.* Diese ganze Situation war einfach zum Kotzen! Von wegen Teamgeist oder sonst irgendwas. Sie waren nicht mehr als eine Gruppe schlecht zusammengewürfelter Kandidaten, die nur noch beisammen waren, weil sich keiner alleine durchschlagen konnte. Lieber in *diesem* Rudel, als auf sich gestellt. Selbst wenn es darauf ankommen würde, könnten sie niemals als eingespieltes Team arbeiten. *War aber von Anfang an irgendwie klar gewesen.*

Kevin ließ sich entkräftet ins Gras sinken. Er hatte alles erzählt, was er gehört hatte und starrte nun in den Himmel hinauf. Wenn es wirklich sowas wie Schicksal geben sollte, wollte es, dass ihre Reise hier endete?

Irgendwo im Nirgendwo?

Sollten sie einfach hier liegen bleiben und auf die Suchkräfte warten, die irgendwann hier aufkreuzten könnten? Wenn überhaupt? *Verdammte Kacke!*

Aber was konnten sie sonst tun?

Das Leben ging immer weiter, manchmal wie eine gezielt geraderollende Kugel, manchmal wie ein herumeiernder Würfel. Gerade jetzt war so ein Moment. Egal was man tat, egal wie man sich anstrengte, irgendwie kam es doch immer anders.

„Okay, Leute. Lehnen wir uns zurück, genießen unser Leben und warten auf die herannahende Rettung." Er lächelte, als er Mikas fassungslosen Blick auf sich spürte. Selbst Felix schaute verwirrt.

„Das ist nicht dein Ernst! Wir können doch nicht hier herumliegen während das Leben von diesem Jones in Gefahr ist!" Mit gerunzelter Stirn setzte Kevin sich auf.

„Wie ehrenhaft von dir. Die große Mika rettet diesen fremden Typen vor zwei professionellen Kriminellen. Das ‚wie' ist natürlich noch nicht klar, aber das macht ja nichts! Wir fliegen einfach wie Superman und halten die Feinde mit unserer übernatürlichen Strahlung auf. Warum interessierst du dich überhaupt für diesen Typ?"

„Hör auf so zu reden! Nur weil du nichts ernst nimmst, heißt das nicht, dass es keine Lösung gibt." Mikas Augen waren bedrohlich verengt und ein rötlicher Schimmer auf ihren Wangen kündigte den Zorn an.

Kevin grinste. „Reg dich ab. Streiten bringt nichts, wenn ich als Stimme der Vernunft unterbrechen darf, aber wenn du uns deine verborgenen Superkräfte zeigen willst: Bitte. Ich habe genug Zeit." Mit einem leichten Triumpfgefühl sah er Mika an, die mit sich kämpfte. Er konnte Fassungslosigkeit, Wut und Verzweiflung auf ihrem Gesicht ringen sehen bis sie es schließlich schaffte, ein Pokerface aufzulegen. Er musste sich trotz allem eingestehen, dass ihn das beeindruckte.

„Wenn du deinen egoistischen Arsch von hier nicht wegbewegen möchtest, verstehe ich das total", knirschte sie mit mühsam beherrschter Stimme. „Ich verstehe ja, dass du viel durchgemacht hast und dich lieber ausruhen möchtest, aber *ich* habe noch nicht aufgegeben. Also wenn es dir egal ist, dann bleib hier. Ich gehe!" Mit diesen Worten stand sie auf. Felix meldete sich zum ersten Mal zu Wort: „Mika, warte. Wir müssen zusammenbleiben und …"

„Felix. Hör. Einfach. Auf. Dein ganzes Leben lang hast du mich ignoriert. Es wird dir doch garantiert nicht schwerfallen, es jetzt weiterhin zu tun!" Felix sah so verletzt aus, dass er Kevin fast leidtat. *Was ist mit den beiden los?*

„Mika …", sagte Felix hilflos.

„Lass es gut sein!" Mikas Augen glänzten feucht und ihre Stimme klang belegt. „Ich will einfach alleine sein."

Oh, Mika. Du willst gar nicht wissen, wie sich Alleinsein anfühlt. Das willst du wirklich nicht. Vor allem nicht in solch einem Moment. Felix gab nicht auf, obwohl ihn Mikas Worte sichtlich verletzten. Man sah es ihm an. Fassungslosigkeit. Trauer. Verwirrung. *Schöner Bullshit! Jetzt ist es wohl ein für alle Mal aus mit jedem Fünkchen Hoffnung zum Thema Teamgeist. Jetzt heißt es erstmal Zoff zwischen den Geschwistern und ewiges Versöhnungstheater. Das haben wir ja toll hingekriegt! Applaus für unsere Genies. Tschüss, Vernunft. Tschüss, Hoffnung. Ich bin offiziell abgemeldet.*

Mika drehte sich einfach um und ging davon. Kevin seufzte und stand vorsichtig auf. Sein Kopf pochte, aber er hielt sich auf den Beinen und folgte Mika so gut es ging. Felix hielt ihn am Arm fest.

„Kevin, lass mich gehen!" Er sah aus, als hätte gerade die Apokalypse begonnen. Oder der Weltuntergang. Vielleicht auch beides. *Boah, unfassbar! Die beiden sind solche Dramaqueens.* Kevin konnte ihn schon verstehen, doch im Großen und Ganzen fand er das alles etwas zu übertrieben. Sie hatten wirklich größere Probleme! Er schüttelte den Kopf.

„Das wird schon wieder. Ich versuche mit ihr zu reden. Du bleibst am besten bei Kate. Diese Art Dilemma braucht einfach seine Zeit."

Felix nickte geschlagen und sank dann auf den Boden. Er vergrub das Gesicht in den Händen. *Hilfe, der sieht echt fertig aus.* Kevin wandte sich ab und nahm Mikas Verfolgung wieder auf. Sie mussten zusammenbleiben! Das war das Beste, was sie tun konnten.

17

Umgeknicktes und beiseitegeschobenes Geäst verriet Mikas Weg. Während Kevin humpelnd ihrer Spur folgte, hörte er sie entfernt den Weg entlang trampeln. *Sie ist immer noch wütend.* Obwohl Kevins Verletzung nicht schlimm gewesen war, musste er trotzdem langsam machen. Leider hatte Mika schon viel zu viel Vorsprung und wenn er sie noch einholen wollte, sollte er sich möglicherweise beeilen.

Also wankte er weiter bis er - *danke liebes Universum!* - schließlich doch noch Mika erreichte, die abrupt stehengeblieben war.

„Kevin, das macht keinen Sinn." Verwunderlicherweise wirkte sie nun eher nachdenklich als wütend. *Was für eine Stimmungsschwankung.* Mit verwirrter Miene drehte sie sich zu ihm um. „Wir waren in einem Wagen mit großer, überdachter Ladefläche. Ich weiß nicht genau, was für einer, aber auf jeden Fall muss es ein großer gewesen sein! Verstehst du? So ein breites, klobiges Gefährt würde bei der Fahrt im Unterholz eine kaum zu übersehende Spur hinterlassen. Allerdings glaube ich kaum, dass unsere Entführer extra auf sich aufmerksam machen wollen." Kevin nickte bedächtig. „Je sichtbarer diese Spur ist, desto schneller würde die Polizei darauf stoßen und uns finden."

Er kratzte sich nachdenklich am Kopf. „Du meinst ..."

„Ich meine, dass sie die ganze Aktion so unauffällig wie möglich durchziehen wollten und daher muss in der Nähe ..."

„... Eine befestigte Straße liegen!" *Wie verpeilt sind wir eigentlich?,* dachte Kevin fassungslos. *Ist mir die Spur vorhin nicht sogar aufgefallen? Warum habe ich nicht schon früher daran gedacht? Hoffentlich sind diese langsamen Gedankengänge keine Nachwirkung von dem Betäubungsmittel.* Ein Schauer lief ihm den Rücken hinunter. Mika lächelte müde, aber hoffnungsvoll.

„Wir sollten sie suchen", meinte sie entschlossen. Kevin stöhnte. Er konnte sich beim besten Willen keine weitere Wanderung mehr vorstellen.

„Falls es dir noch nicht aufgefallen ist: Kate ist immer noch bewusstlos und wir haben keinen blassen Schimmer, wie weit wir laufen müssten! Abgesehen davon könnte es nur eine abgelegene Schotterstraße sein, auf der höchstens einmal in der Woche jemand entlangfährt!"

„Willst du stattdessen lieber tagelang hier untätig rumsitzen und auf irgendwelche Rettungsteams warten?" Ihre Miene hatte sich verhärtet. „Irgendwas *muss* ich tun, Kevin, sonst drehe ich durch."

„Ich bewundere deine Ausdauer, aber das ist genauso waghalsig wie zum Scheitern verurteilt. Was mit einem Truck vielleicht zwanzig Minuten dauert, kann sich zu einem fünfstündigen Fußmarsch entwickeln und ich glaube nicht, dass wir sowas durchhalten würden."

„Was würdest *du* denn tun? Ständig meckerst du an allem herum und tust so, als würde dich nichts etwas angehen! Was ist das hier für dich? Ein Film? Ein spannender live-Roman?" Kevin öffnete den Mund, doch ihm fiel nichts ein, was er hätte sagen können. Mika sah nicht mehr wütend aus. Nur noch enttäuscht.

„Du musst dich entscheiden, was du willst. Bleib hier, alleine, oder komm mit und halte bitte einfach die Klappe! Ich zwinge dich zu nichts!" Und mit diesen Worten ging sie zielstrebig an ihm vorbei.

„Mika, warte! Woher weißt du, ob sie mit dir mitkommen wollen?" Sie drehte sich nicht mehr um.

„Weil es Hoffnung gibt, Kevin. Felix wird nicht aufgeben wollen und Kate bestimmt auch nicht." Damit ging sie zu den anderen zurück.

Kevin schaute ihr nach. Sie hatte keine Ahnung! Es war weder eine Geschichte, noch ein Film für ihn. *Aber wenn man sich mitsamt Sinnen und Verstand an irgendwelche irrsinnigen Hoffnungen klammert, wird man immer irgendwie enttäuscht.*

Als er bei den anderen ankam, hatte Mika sie schon hochgescheucht. Felix sammelte alles, was ihnen irgendwie helfen könnte: Trockenes Gehölz, wilde Beeren und so weiter. Mika kniete neben Kate, die inzwischen halbwegs wach, aber ziemlich mitgenommen und verwirrt schien. Mika fuhr sich (wahrscheinlich unbewusst) mit den Fingern durch ihre Haare. Das machte sie schon die ganze Zeit, wodurch sie mehr und mehr einem Igel ähnelte.

„Wie geht es dir?" Kate blinzelte mehrmals, als hätte sie Probleme, sich auf irgendetwas zu fokussieren. *Hat sie die Frage überhaupt gehört?* Mika stöhnte verzweifelt und Felix beobachtete die Szene mit versteinerter Miene.

In diesem Moment bewegten sich Kates Lippen und mit viel Fantasie könnte man meinen, sie würde ‚Mika' murmeln, doch bevor auch nur irgendjemand reagieren konnte, fielen Kates Augen wieder zu. *Schläft sie?* Mika presste die Lippen zusammen. „Wir suchen Hilfe!"

Schließlich brachen sie auf. Die Geschwister schleiften Kate mit vereinten Kräften hinterher. *Himmel, dass kann doch auf Dauer nicht gutgehen!* Kevin humpelte vorneweg und trug das nutzlose Zeug, dass Felix gesammelt hatte. *Die Aktion ist so sinnlos!* Aber Mika und Felix ließen sich wirklich nicht leicht unterkriegen. Schritt für Schritt. Minute für Minute. Es ging unglaublich langsam voran. In diesem Tempo schafften sie höchstens einen halben Kilometer pro Stunde. Wenn überhaupt.

Kevin konnte nicht mehr. Nein, er *wollte* nicht mehr. Das machte keinen Sinn! Ihre ganze Aktion. Sie waren erst seit etwa zehn Minuten unterwegs und folgten einer mehr schlecht als recht ins Unterholz gewalzten Reifenspur. Wie lange sollte es noch so weitergehen? Wie lange sollten sie sich noch weiter diese falsche Hoffnung vorgaukeln?

Alleine zurückbleiben wollte er allerdings auch nicht. Lieber als hoffnungsloser Fall in einer hoffnungslosen Gruppe als hoffnungslos allein. *Scheißsituation!*

„Leute, mir reichts! Geht weiter oder nicht. Mir ist das ganze völlig egal. Geht mir total am Arsch vorbei. Tschüss. Viel Spaß euch noch." Er schleuderte das Holz ins Gebüsch und setzte sich auf den Boden. Kevin wusste, wie kindisch das war und wie trotzig und beleidigt es klingen musste, aber es ging einfach nicht mehr. Mika drehte sich stöhnend um. *Wow. So oft, wie sie in letzter Zeit geseufzt und gestöhnt hat, würde es mich nicht wundern, wenn sie damit Preise gewinnen könnte,* überlegte er.

„Kevin, wir zwingen dich zu nichts, aber denk doch mal VERNÜNFTIG nach. Was bringt das dir jetzt? Lass uns noch ein bisschen weitergehen und dann gemeinsam eine Pause machen." Sie schien wirklich erschöpft. Am Rande ihrer Kräfte. Felix ging es wohl genauso. Sein Haar hing ihm strähnig in das verschwitzte Gesicht und seine Beine zitterten leicht. Trotzdem wirkte er irgendwie zuversichtlich. *Wie macht der das bloß???* Kevin war hin- und hergerissen. Einerseits bewunderte er den Kampfgeist der beiden und er machte sich Sorgen um Kate. Es war besser für sie, wenn sie nach der Straße suchten und womöglich früher Hilfe bekommen würden. Andererseits sträubte sich in ihm *alles* dagegen, weiterzugehen.

„Kevin, bitte!" Felix klang wie immer ruhig, doch es war nicht mehr überzeugend.

Plötzlich musste Kevin an Chris denken. Den Kampf zwischen Trauer und Hoffnung. *Chris hätte gewollt, dass ich weitermache. Aufgeben war nie meine Stärke, würde er jetzt wohl sagen. ‚Never give up'.* Ächzend erhob er sich.

„Auf geht's."

„Sollen wir nicht noch kurz Pause machen? Du wirkst ziemlich erschöpft …".

„Ich schaffe das schon. Lasst uns diese verdammte Straße suchen!"
Ein Lächeln stahl sich auf Mikas Gesicht und Kevin ging entschlossen los.

Spätestens zehn Minuten später merkte er, dass er seine Energie überschätzt hatte. Bei jedem Schritt stachen ihn die Kopfschmerzen und der Schweiß rann seinen Rücken hinab. Er massierte sich seine Schläfen, doch es brachte nichts. *Verdammt, verdammt, verdammt.*

In diesem Moment regte sich Kate. Sie hatte innerhalb der letzten Stunde oft vor sich hingemurmelt und manchmal die Augen geöffnet. Jetzt allerdings schien sie wirklich aufzuwachen.

Kevin konnte beobachten, wie die Erinnerungen in Kates Gedächtnis zurückdrifteten und sich mit der Erkenntnis vereinten, dass sie immer noch in diesem Wald gefangen waren. Als sich ihre Augenbrauen nach vielen verwirrten und fassungslosen Gesichtsausdrücken schließlich bedrohlich herabsenkten, schloss er, dass sie gedanklich bei Caroline und Edward angekommen war. Mit schmerzverzogener Miene sank sie auf den Boden.

Kevin atmete tief durch und schaute überall hin außer in ihr Gesicht. *Wie die Pinguine aus Madagascar: Immer schön lächeln und winken!* Kate hatte keine Zeit, sich Rachepläne für Caroline und vor allem Edward auszudenken, der sie ja gleich zweimal zu Boden geschlagen hatte, denn Mika umarmte sie erleichtert.

„Ich habe mir Sorgen gemacht! Warum, verflixt nochmal, hast du dir so viel Zeit gelassen? Wir mussten dich ein ganz schönes Stück tragen!" Gespielt vorwurfsvoll boxte sie Kate gegen den Arm. Kate schüttelte den Kopf, als würde sie ihre düsteren Gedanken vertreiben wollen und lächelte schließlich matt.

„Leider habe ich keine rettende Idee oder Erleuchtung beizutragen, aber vielleicht könnte mir jemand erzählen, was in der Zwischenzeit passiert ist? Ich fühle mich, als hätte ich mit meiner Schwester Cassie einen Film geschaut und die Hälfte verschlafen", sagte sie mit schleppernder Stimme. Felix schaute Kevin fragend an, doch der schüttelte kaum merklich den Kopf. *Nicht jetzt.* Felix nickte und übernahm es zum Glück, erneut das Gespräch zwischen den zwei Verbrechern zu schildern.

18

Kevin ließ sich erschöpft auf den Boden sinken. Nicht seine schmerzenden Beine oder seine nicht enden wollenden Kopfschmerzen regten ihn auf. *So viele verdammte Jahre lang habe ich fast nichts gefühlt. Kaum Emotionen. N.I.C.H.T.S.* Doch seit den letzten Tagen webten sich immer mehr Gefühle wie ein hauchdünnes Geflecht aus goldenen Fäden durch seine Brust. ER WUSSTE VERDAMMT NOCHMAL NICHT, WAS DAS ZU BEDEUTEN HATTE. Was war das? Wieso gerade jetzt?

„Hey, was ist mit dir los?" Mika hatte sich neben ihn gesetzt. *Oh nein, bitte nicht jetzt!*

„Nichts. Gar nichts. Ich möchte nur kurz alleine sein." Er vermied ihren Blick. *Warum kann sie mich nicht einfach in Ruhe lassen?*

„Willst du darüber reden?" Ein eisiger Schreck jagte seinen Rücken hinunter.

„Worüber? Es gibt nichts, das ein Gespräch wert wäre, außer harmlose Kopfschmerzen und bestialischer Hunger."

„Kevin, ich weiß, wie es sich anfühlt, wenn sich Sorgen in dich hineinfressen, weil man nicht darüber reden möchte. Ich habe den Eindruck, du hast dich verändert."

„Ach, ist das dein neues Supertalent? Habe ich was verpasst? Sorry, *ich* habe mich nicht verändert!"

„Hast du."

„Inwiefern?"

„Du bist unruhiger. Deine ‚mich-interessiert-das-alles-einen-Scheiß' -Fassade ist brüchig geworden. Irgendwas beschäftigt dich."

„Du bist dir deiner Sache ja sehr sicher. Aber Moment mal, *du* bist doch diejenige, die sich von schüchtern zu unerschütterlich verändert hat. Nicht ich!"

„Versuch nicht, vom Thema abzulenken!"

„Wie könntest du wissen, was in mir vorgeht? Ist das ein pädagogischer Trick, den du in irgendeinem Wälzer gelesen hast?" Mika schüttelte den Kopf.

„Nein, aber ich habe auch so meine Probleme. Ich verliere manchmal die Kontrolle über meine Wut." Das warf Kevin aus dem Konzept.

„Wieso erzählst du mir das?"

„Ich könnte dir helfen." Eine widerliche Stille entstand.

„Und wie?", fragte Kevin zögerlich.

„Indem wir darüber reden", meinte Mika.

„Ich ... ich kann dir nicht helfen, okay? Genauso wenig wie du mir. Außerdem gehen meine Probleme dich nichts an! Deine Probleme mich auch nichts. Wir kennen uns kaum!" Noch während er redete, spürte er, dass er wütend wurde. Es überraschte ihn.

Mika lächelte wieder „Du hilfst allein dadurch, dass du es weißt. Ich ... ich hatte immer die Befürchtung, dass die Menschen, die ich kenne, mich anders behandeln, wenn sie es wissen. Deshalb habe ich es kaum jemanden erzählt. Aber es ist wie ein innerer Druck. Wenn man sich jemandem anvertraut, lässt er nach."

Kevin zögerte. „Was, wenn es wieder zu viel Druck wird? Suchst du dir dann eine andere Person, der du es erzählen kannst?" Er mochte den verbitterten klang seiner Stimme nicht. *Was ist los mit mir?*

„Nein, ich habe es irgendwie ... in den Griff bekommen. Im Wasser nach dem Sturz hat mir meine Wut geholfen, mich zu erinnern. Sie hat nicht nur schlechte Seiten. Ich glaube, ich kann lernen mit ihr umzugehen." Kevin schwieg verdutzt. „Weißt du, als es anfing dachte ich, es wäre nur eine Phase. Aber als es dann immer länger andauerte, habe ich versucht, es zu unterdrücken. Glaub mir, von allen möglichen Optionen ist das die schlechteste. Man hat manchmal das Gefühl, wie eine tickende Bombe rumzulaufen." Sie zupfte an einer Haarsträhne.

„Wieso hast du nicht mit jemandem geredet, dem du vertraust?", fragte Kevin.

„Ich … weiß es nicht. Ich dachte immer, es würde von selbst wieder weggehen und ich wollte niemanden damit belasten. Im Nachhinein war das Mist! Viele haben es bemerkt und gefragt, aber ich habe mich verschlossen." Sie atmete tief durch.

Kevin hatte keine Ahnung, wie er mit der Situation umgehen sollte. Das Gespräch hatte seine persönliche Distanzgrenze längst überschritten. Die meisten seiner Freundschaften bestanden aus Abhängen und Biertrinken in irgendwelchen Clubs. Mehr nicht. *Was soll man in so einem Fall sagen?* Mika blinzelte sich aus ihren Gedanken in die Realität zurück und setzte ein überzeugendes Grinsen auf.

„So. Jetzt bist du dran." Kevin kratzte sich nervös am Kinn. Er fühlte sich in die Enge getrieben. Mika wäre enttäuscht, wenn er sich weigern würde, darüber zu reden. Und ausgerechnet *das* wollte er nicht. Er verstand sich selbst nicht mehr.

„Ich …" Sein Blick huschte wild umher, wie um einen Fluchtweg zu suchen. „Mein Bruder, Chris …" *MEINE GÜTE, WAS TUE ICH DA???*

„Ja?"

„Er …" *Hilfe, ich muss verrückt sein!* „Ich habe es vermasselt." Er zögerte. Mit verzogener Miene hob er den Kopf, sah Mika an. Er wurde nicht mehr schlau aus sich selbst. Mika allerdings blieb total cool. Aufmerksam schaute sie ihn an.

„Auf jeden Fall, danach habe ich nichts mehr gefühlt. Fast nichts. Ich war irgendwie … emotionslos. Okay, nicht ganz, aber, fast ganz. Verstehst du? Nicht nichts, aber zu wenig und … ACH VERDAMMT!" Frustriert stützte er den Kopf in die Hände. *Meine Güte, warum habe ich bloß so blöd herumgestottert???* Ein Ruf ließ sie herumfahren.

„Hey, habt ihr vorhin nicht eine Straße gesucht?" Kate. Sie deutete in die Ferne. Kevin kniff die Augen zusammen. Ihm war vorhin gar nicht aufgefallen, dass sich in der Ferne eine schmale Schneise durch die Bäume zog.

„Es sieht so aus, als könnten wir diese Straße innerhalb kurzer Zeit erreichen." Typisch Felix. Knapp und sachlich. Mika raffte sich zufrieden auf.

„Na also. Geht doch." Sie zog Kevin auf die Beine. „Mach dir nicht so viele Gedanken. Wir werden schon eine Lösung für dein Problem finden." Sie lächelte ermutigend und ging dann los. Kevin stand völlig konfus da. In ihm ein tobendes Gefühl, für das es keine richtigen Worte gab.

„Alles in Ordnung? Können wir los?" Felix. Kevin nickte hastig. Kurz drehte sich wieder alles, doch es dauerte diesmal nur ein paar Sekunden.

„Ja, ja. Los. Wir können los." Und er stolperte an Felix vorbei und folgte den anderen.

19

Die Straße erwies sich als schmale, graue Spur, die leider nicht wirklich gut genutzt wirkte.

Weit und breit keine Autos zu sehen.

keine Rettung.

Schweigend standen die Vier nun da und starrten auf den grauen Zement, der an den Straßenrändern schon abzubröckeln begann.

Schöne Scheiße.

„Und was machen wir jetzt?" Kevin hatte das Gefühl, dass Mika den Anführerposten übernommen hatte.

„Lasst uns … lasst uns der Straße folgen." Kate zog die Augenbrauen hoch, doch sie verkniff sich sämtliche Kommentare.

„In welche Richtung?" Mika überlegte kurz.

„Ich habe keine Orientierung mehr, aber wenn wir uns für eine Richtung entscheiden, stehen unsere Chancen wahrscheinlich besser, als wenn wir hierbleiben, oder? Was haltet ihr von links?"

Die Begeisterung hielt sich in Grenzen, aber da es keine anderen Ideen gab, wurde der Vorschlag schließlich angenommen.

Es kostete Kevin alle Überwindungskraft, weiterzugehen. Er fühlte sich hungrig, durstig, müde, erschöpft, verwirrt und sein Kopf tat immer noch weh.

Langsam ging er neben Felix her. Sie hielten sich dicht an der Straße und Kevin starrte wie hypnotisiert in die Ferne, wo die graue Linie immer schmaler wurde und sich anschließend um eine Ecke wand.

Er verbot sich jegliche frustrierenden Gedanken und konzentrierte sich auf den Weg.

Felix ging ebenso schweigend und bewegte sich so leise, dass Kevin sein Auftreten kaum hören konnte. *Wie macht er das bloß?* Die Minuten zogen sich lang und länger. Kevin fühlte sich irgendwann einfach so unglaublich schwer,

dass es bei jedem Schritt verlockender wurde,

einfach umzukippen und
liegenzubleiben.

Er unterdrückte ein abgrundtiefes Seufzen und betrachtete die mächtigen Bäume am Straßenrand. Sie waren felsenfest im Erdboden verankert, wogen friedlich im Wind, raschelten geheimnisvoll vor sich hin.

Wie gerne wäre er jetzt einfach ein Baum.

Ohne schmerzende Füße

Ohne Kopfweh

Friedlich zum Sauerstoffgehalt in der Luft beitragend.

Aber Baum sein hatte wohl auch seine Nachteile.

Man konnte nie wissen, ob oder wann jemand mit einer Säge kam und als Tisch oder Toilettenpapier wollte Kevin auch nicht enden.

In diesem Moment entdeckte er einen kaum ausgetretenen Trampelpfad im Unterholz. Nichts Besonderes eigentlich und Kevin wollte unter keinen Umständen wieder in den Wald zurück, doch dort auf dem Boden lag etwas. Er bückte sich vorsichtig und hob einen verknitterten Zettel auf.

„Denkst du, dass jemand einen alten Kassenzettel hier verlieren könnte?" Felix kam interessiert näher. „Da hat jemand viel eingekauft! Verpacktes Essen für mindestens eine Woche, Campingsachen, Medizin, Werkzeug und total viel Krimskrams."

Felix dachte kurz nach.

„Damit könnte man sich ohne Probleme lange hier aufhalten", meinte er schließlich langsam. Kevin sah ihn alarmiert an.

„Könnte der von Caroline und Edward kommen?" Mika schloss zu ihnen auf.

„Was ist los? Redet ihr über die Verbrecher?" Auch Kate kam dazu. Sie wirkte immer noch ziemlich fertig. Vielleicht war das ja der Grund, wieso sie in den letzten Stunden kaum etwas gesagt hatte. Beunruhigt studierten sie den zerknitterten Zettel.

„Vielleicht hat den wirklich nur ein Camper oder ein Wanderer verloren", mutmaßte Mika erschöpft. Schatten lagen unter ihren Augen und ihre Haare waren mit Baumnadeln und dünnen Zweigen dekoriert.

„Und wenn dieser Zettel diesem Jones gehört? Vielleicht hat er sich im Wald versteckt, wenn die Verbrecher hier nach ihm suchen." Die Vier schauten sich an.

„Findet ihr nicht auch", meldete sich Kate überraschend zu Wort, „dass wir ihm einen Vornamen geben sollten? Es klingt seltsam, ihn die ganze Zeit nur ,Jones' zu nennen. Bin ich der einzige, der dadurch die ganze Zeit an Indiana Jones denken muss?"

Kevin hätte so gerne gegrinst, doch nicht einmal dazu fühlte er sich noch in der Lage.

„Hey! Wir müssen über unsere nächsten Schritte entscheiden!" Zum ersten Mal hatte Felix seine Ruhe gänzlich abgelegt. Unter der Erschöpfung wirkte er angespannt und nervös.

Kevin starrte die so unglaublich lange, leere Straße an, die bis in alle Ewigkeiten weiterzugehen schien. Dann den schmalen Trampelpfad. Felix knetete ungeduldig seine Finger.

„Was, wenn uns die zwei Verbrecher hier finden? Wir *müssen* weiter!"

20

„Wir sitzen ganz schön tief in der Tinte", stellte Kate tonlos fest. Sie waren tatsächlich so dämlich gewesen, dem Trampelpfad zu folgen und ...

in ihrer Hirnlosigkeit hatten sie die Abenddämmerung nicht wahrgenommen.

Inzwischen war es so dunkel, dass sie den Weg kaum vor sich erkennen konnten und niemand von ihnen

hatte

eine

TASCHENLAMPE.

Yeay.

„Wir sollten wirklich pausieren und morgen zur Straße zurück, sonst verlaufen wir uns hoffnungslos!" Mika hörte sich an, wie sie sich alle fühlten.

Am Ende,

psychisch

und körperlich.

Sie hatten alle brennenden Durst. Von Hunger gar nicht erst zu reden. Kevin fühlte sich wie von einem Bulldozer überfahren.

„In Ordnung. Dann halte deinen Schönheitsschlaf", meinte Kate.

Auch sie war wütend.

Kevin wäre es auch gerne gewesen.

Doch er hatte einfach keine Energie dafür übrig. Sein ganzer Körper war wie ausgelaugt und sein Kopf glich einem ausgewrungenen Waschlappen. Müde sank er auf die Knie. Das würde eine scheußliche weitere Nacht werden.

„Du unterschätzt sowas! Vielleicht muss ich morgen einen Prinzen wachküssen und da sollte man ausgeschlafen sein!", meinte Mika leise zurück, doch Kevin fühlte sich selbst zum Lächeln zu fertig.

„Mika?" Er knetete seine kalten Finger.

„Mmm?"

„Wofür lohnt es sich für dich, zu leben?" Für eine Weile war es sehr still und Kevin konnte Mikas Silhouette in der Dunkelheit nur erahnen.

„Meine Familie", sagte sie schließlich leise. „Ich liebe sie." Schweigen. „Warum fragst du?"

„Ich … ach, ist egal." Kevin rupfte mit einer freien Hand Grashalme aus der Erde und hoffte, dass Kate nicht zuhörte, sondern schon schlief. Er bezweifelte das irgendwie.

„Wenn du reden möchtest, dann höre ich dir zu."

„Quatsch! Du tust ja, als würden wir einen Termin zum Beichten vereinbaren wollen."

„Hör auf, dich selbst zu belügen."

„Mika?"

„Ja?"

„Danke." Ein Wort, das so viel bedeutete. Die Zeit verstrich lautlos, war unbedeutend in der unendlichen Finsternis. Seine Gedanken schweiften ab, spannten sich um Chris. Zum ersten Mal seit langem erlaubte er sich, über den Tag nachzudenken, an dem es passiert war. Worte füllten seinen Kopf. *Es ist deine Schuld! Was hast du getan? Du kannst nichts dafür. Idiot! Er hätte es nicht gewollt. Ich kann nicht mehr! Verschwinde. Lasst mich in Ruhe! Hättest du mehr Verantwortung gezeigt, wäre das alles nicht passiert. Ich wollte das nicht! Wenn du ihn nicht überredet hättest … Bitte, hört auf. HÖRT AUF!* Die Welt verschwamm. *Schiebe die Gedanken in einen Zug, lass ihn aus deinem Kopf fahren, sieh ihm hinterher, lass ihn ziehen.* Kevin atmete tief ein und schob seine Erinnerungen fort.

21

Die Stimmung am nächsten Morgen hätte deutlich besser sein können. Kevins Kopfschmerzen hatten sich verschlimmert, was höchstwahrscheinlich auch an ihrem Wassermangel lag. Nicht einmal der morgentliche Tau half ihnen in diesem Punkt ausreichend weiter. Aber es kam noch besser.

Zu allem Überfluss wussten sie weder wie lange sie gestern eigentlich genau dem Pfad gefolgt waren noch waren sie sich sicher, von welcher Richtung sie gekommen waren.

Sie waren alle so erschöpft gewesen, dass keiner wirklich auf den Weg geachtet hatte. Sogar ihre eigenen Spuren halfen kaum weiter. Es gab zu wenig Unterholz, dass ihnen hätte sagen können, welche Spuren von ihnen und welche von der Person mit dem Kassenzettel stammten.

Ihre Lage war katastrophal, egal, wie Kevin ihre Situation drehte und wendete. Es war zum Verzweifeln! Da hatten sie es gestern tatsächlich geschafft, eine Straße zu finden, um sie dann wieder zu verlieren. *Hätte ich diesen bescheuerten Pfad doch nie entdeckt! Dieser Kassenzettel war das nicht wert.* Mika schien ihren Tatendrang verloren zu haben. Reglos saß sie auf dem Boden und starrte vor sich hin. Selbst mit Felix und Kate schien man nichts mehr anfangen zu können.

„Okay, Leute. Vorschlag: Wir stimmen ab und probieren eine Richtung aus."

„Und wenn es die falsche ist?"

„Dann kehren wir nach einer halben Stunde oder so um. Wir können gestern gar nicht so weit gelaufen sein!"

„Eine halbe Stunde. Eine Stunde. Zwei Stunden. Wandern. Wandern. Wandern." Mika hob den Kopf. Ihre Augen schimmerten verdächtig feucht. „Es tut mir leid, aber ich kann einfach nicht mehr." *Gestern schien sie doch noch optimistisch. Was ist denn jetzt passiert?* Kate seufzte schwer.

„Ich kann auch nicht mehr, aber es ist wohl die einzige Möglichkeit. An der Straße werden wir viel schneller gefunden als hier unter den Bäumen. Sobald wir wieder dort sind, lege ich mich auf die Fahrbahn und warte bis man uns findet." Sie hievte sich mühsam auf die Beine. „Also dann, wie wäre es mit dieser Richtung?"

22

Felix ging langsam voran. Die anderen folgten ihm mehr oder weniger schnell. In Kevins Fall war es mehr ein Taumeln als ein Gehen. Manchmal, wenn der Boden wieder anfing, sich zu drehen, stützte Mika ihn. Sie merkte wohl, dass es ihm unangenehm war, denn sie stellte sich so unauffällig dabei an, dass es kaum auffiel. Immer lief sie ein paar Schritte vor oder hinter ihm, schaute scheinbar teilnahmslos in der Gegend herum, aber beobachtete ihn aus den Augenwinkeln. Vielleicht machte sie sich Sorgen wegen seiner Verletzung.

Es war der reinste Horrormarsch und Kevin war sich mehr als sicher, dass sie in die falsche Richtung gelaufen waren. Es war einfach alles zu viel.

Irgendwann hielt Felix plötzlich an und drehte sich zu ihnen um.

„Der Boden vor uns ist ziemlich ausgetreten. Was haltet ihr davon?"

Kevin runzelte die Stirn. Der schmale Pfad, auf dem sie sich befanden, endete fast willkürlich an einer kleinen Lichtung.

„Also, wie sieht's aus, Leute? Weiter oder hier verdursten? Ich wähle die erste Variante." Es gab noch viel, was er hätte sagen können. Die perfekte Situation für eine ordentliche Portion Sarkasmus, aber er brachte nicht mehr heraus.

Also sammelte Kevin sein letztes bisschen Selbstbeherrschung, um den anderen ein Lächeln zuzuwerfen - diesmal sollte es sogar echt wirken - und drehte sich um. Das plattgetrampelte Gras gab unter seinen geschundenen Füßen nach, als er sich Meter für Meter voranschleppte.

Verzweifelt ließen sie ihre Blicke herumschweifen, klammerten sich an das letzte bisschen Hoffnung.

Absolut nichts Ungewöhnliches. WALD, WALD, WALD, WALD.

SCHEIß…

Kate lachte leise. *Hat sie den Verstand verloren?*

„Schaut mal nach oben." Drei Köpfe blickten erst sie an und folgten anschließend ihrem Blick. Dort. Direkt über ihnen befand sich … ein Baumhaus.

Fassungslos

Stimmen. Sie wehen durch das Geäst zu mir hoch. Sie müssen nah sein. Direkt unter mir.

Wer?

Ich muss aufpassen. Wenn es die Verbrecher sind, bin ich geliefert. Ich darf ihnen nicht in die Hände spielen. Es würde sie nur zu sehr freuen, ihren Auftrag zu beenden und mich, Nick Jones, auszuliefern. Ich will es mir gar nicht vorstellen. Nun ja, zumindest würden sie den USB-Stick nicht bei mir finden.

Vorsichtig, um keine unnötigen Laute zu machen, spähe durch das Blattwerk nach unten und werde überrascht. Was machen diese vier Jugendlichen dort?

Kate

23

Das Baumhaus erinnerte an einen Hochsitz, war groß, aber sah recht mitgenommen und alt aus. Viele der Bretter wirkten lose oder verbogen. **Bestimmt war das früher Eigentum des hier tätigen Försters**, überlegte Kate und schaute die anderen an. Felix hatte sich vor Erschöpfung auf den Boden gleiten lassen, Mikas neutrales Pokerface war schon vor Stunden baden gegangen und Kevin war total am Arsch.

„Nicht erschrecken, ich bin hier oben." Ihre Blicke schossen in die Höhe und nun sahen sie ihn. „Wer seid ihr? Braucht ihr Hilfe? Ihr seht nicht gut aus." Jung, vielleicht um die fünfundzwanzig. Dunkle Haut, zerzauste Haare **(hat wohl länger keine Zeit mehr zum Kämmen gehabt)**. Sein T-Shirt ist an manchen Stellen aufgerissen **(Wald. Er ist schon länger hier)**. Wirkt abgemagert. Kate kniff die Augen zusammen.

„Heißen Sie zufällig Jones mit Nachmamen?"

Der Mann zuckte zusammen, als hätte er einen elektrischen Schlag bekommen. Als er nach einer Schrecksekunde wieder anfing zu sprechen, war in seiner Stimme keine Spur mehr von Freundlichkeit zu finden. Nur noch blankes Misstrauen.

„Was soll das?" **Bingo. Ins Schwarze getroffen.** Jetzt mussten sie aufpassen, dass sie ihre einzige Chance nicht vergeigten.

„Wir ... wir hatten wahrscheinlich mit den gleichen Kriminellen zu tun wie sie. Caroline und Edward haben ihren Namen genannt und darüber geredet, dass sie auf der Flucht sind. Ich habe nur eins und eins zusammengezählt, aber dürfen wir *bitte* zu ihnen hoch? Wir sind seit Stunden unterwegs und haben weder Essen noch Trinken." Ein flehender Unterton hatte sich in die letzten Worte gemischt und Kate konnte ihn nicht unterdrücken. Sie war am Ende ihrer Kräfte.

Der Mann kämpfte sichtlich mit sich, doch schließlich nickte er. „Kommt hoch." Sein Kopf verschwand wieder, doch Kate entging nicht der Blick, den er kurz suchend durch die Gegend schweifen ließ, als würde er eine böse Überraschung erwarten.

Kurz darauf wurde eine Leiter von oben heruntergelassen und Kate ergriff sie ohne zu zögern. Ihre Muskeln zitterten, doch sie biss die Zähne zusammen und kletterte keuchend nach oben. Der Mann wartete mit unsicherer Miene, doch als Kate Schwierigkeiten hatte, von der Leiter in das Baumhaus zu gelangen, packte er ihre Arme und zog sie hoch. **Ich bin mir sicher, es ist dieser Jones. Er müsste ungefährlich sein. Hoffe ich zumindest.**

Sie befanden sich inzwischen alle hoch über dem Boden und nur ein paar instabile Holzwände trennten sie vor der Tiefe. Eine Regenplane war über die morschen Dachbalken gespannt und sie befanden sich mitten in der Höhe der Baumkronen. Man konnte keine drei Meter weit schauen.

„Was ist mit euch passiert?" Der Mann beobachtete sie mit einer Mischung aus Nervosität und Widerwillen.

„Können wir etwas zu trinken haben?" Kate hasste, wie verletzlich sie gerade war, doch ihre Kehle brannte vor Durst und sie fühlte sich unangenehm benommen. Schweigend kramte der Mann in einer großen, ramponiert aussehenden Tasche und holte vier Wasserflaschen daraus hervor.

Kate riss den Deckel ab und ihr ganzer Körper seufzte auf, als die kühle Flüssigkeit über ihre ausgedörrte Zunge strömte. Alles in ihr schrie *mehr, mehr, mehr* und sie konnte gar nicht schnell genug schlucken. Innerhalb von einer Minute hatte sie den ganzen Liter ausgetrunken. Noch nie in ihrem Leben hatte Wasser so gut geschmeckt.

Noch während sie trank, fühlte es sich an als würde die Last, die sie trug, um einen riesigen Stein leichter werden.

Erst danach war sie wieder dazu fähig, überhaupt etwas anderes wahrzunehmen. Das war der Moment, in dem Kevin zusammenbrach.

Kate wusste nicht mehr, wer zuerst aufgeschrien hatte. Es gab auf jeden Fall ein ziemliches Chaos. Die Geschwister schienen unter Schock zu stehen, während dieser Jones mit überforderter Miene nach einem Erste-Hilfe-Set suchte.

Die Minuten zogen mitsamt der Panik an Kate vorbei. Sie konnte nicht einmal genau sagen, was passierte. Ihr Kopf hatte sich ausgeklinkt und das Einzige, was sie tun konnte, war starren. Sinnloses, bescheuertes Starren.

Schließlich beruhigte sich die Lage aber dann doch wieder. Kevin hatte sich wahrscheinlich überanstrengt und seine Wunde war noch nicht geheilt. **Das ganze Herumwandern war zu viel für ihn. Für uns alle.**

Etwas später lag Kevin versorgt und in eine Decke gewickelt auf einer schmalen Bank, die an eine der halbwegs stabilen Wände des Baumhauses geschraubt war.

Nun, da es keinen akuten Notfall mehr gab, war die Atmosphäre … unangenehm.

„Ähm", versuchte Mika, ein Gespräch anzufangen, „wie ist eigentlich ihr Vorname? Das haben wir uns schon die ganze Zeit gefragt. Es kam uns komisch vor, sie einfach immer nur Jones zu nennen." Wieder zögerte der Mann kurz, bevor er schließlich mit einem knappen „Nick" antwortete.

Stille.

Kate war unglaublich müde, doch der Schreck von eben hatte sie wachgerüttelt und nun standen sie endlich vor einer Person, die ihnen sinnvolle Antworten geben konnte.

Stille.

„Also ich will mich ja nicht beschweren", durchbrach Kate schließlich ungeduldig das Schweigen, „aber unsere letzten Tage waren ziemlich hart und irgendwie … sind sie daran schuld." Nick Jones Augenbrauen hoben sich ein beachtliches Stück. „Wir wurden von Caroline und Edward, zwei Verbrechern, die anscheinend hinter ihnen her sind, erst gefangengehalten, dann erpresst und am Ende irgendwo im Nirgendwo ausgesetzt."

Ehe es zu kompliziert wurde, berichtete Kate ihre Kurzfassung der letzten Tage. **Es ist fast schon amüsant.** Sie konnten beobachten, wie Nicks Gesichtsausdruck bei jedem Satz entsetzter wurde.

„So." Kate musste beinahe lächeln. „Und jetzt sind sie dran."

24

Der junge Mann schien das alles erstmal verdauen zu müssen. Seine Augen zuckten ungläubig hin und her, als könnte er es nicht fassen, was ihm da zu Ohren gekommen war. Sein Mund stand leicht offen und er zögerte viel. zu. lange! „Na gut". **Warum hat ihn das so mitgenommen?**, dachte Kate und wurde immer ungeduldiger. „Aber es ist eine längere Geschichte." „Wir haben Zeit." „Okay." Er kratzte sich an seinem Kinn. **Jetzt fang. endlich. an!** „Also", er setzte sich auf den Boden, „ich habe früher in einer bestimmten Firma gearbeitet." Er seufzte. „Es gab dort eine Stellenanzeige und ich habe damals einen Job gesucht." Erneut spähte er durch das dichte Blätterdach, als hätte er Angst vor ungebetenen Besuchern. „Zu meinem Glück, zumindest war ich damals der Ansicht, haben sie mich sofort genommen. Ich habe an meinem ersten Arbeitstag schon einen Systemfehler behoben. Ihr müsst wissen, dass meine Arbeit daraus bestand, das aktuelle Computersystem der Firma zu überprüfen und zu verbessern." Er seufzte. „Es hat mir Spaß gemacht, die Bezahlung war gut, alles hat gepasst." Er zögerte erneut und warf ihnen unsichere Blicke zu. **Oh Mann, diese ständige Unwissenheit treibt mich echt in den Wahnsinn! Was ist dann passiert? Jetzt erzähle es uns doch einfach!**

„Eines Tages ist mir eine Datei aufgefallen, die ich zuvor noch nie bemerkt hatte. Rein aus Neugier habe ich sie geöffnet und wusste sofort, dass diese Daten topsecret sind. Alles war verschlüsselt und gesichert. Ich bin sofort aus der Datei raus, weil ich dachte, es würde sich um Betriebsgeheimnisse handeln. Legale Geheimnisse. So, wie manche Bäcker ihr geheimes Kuchenrezept haben."

„Aber?" Kate unterdrückte mit aller Macht ein Augenrollen.

„Irgendwann bin ich misstrauisch geworden. Niemand von meinen Kolleginnen und Kollegen schien davon zu wissen. Ich wusste nicht, was ich tun sollte und dann … habe ich einen Fehler gemacht." **Ja?** „Ich habe den Chef unserer Abteilung eingeweiht." Er rieb sich die Hände. „Und in dem Moment, als ich es ihm sagte, war es mir klar. Er wusste von der Datei und ich hätte wohl besser nichts von ihr wissen sollen." Nick zögerte kurz. „Mein Chef überspielte den unangenehmen Moment auf der Stelle, aber ich wurde misstrauisch. Noch am selben Tag zog ich mir ein paar der Dateien heimlich auf einen Stick und habe sie zuhause entschlüsselt. Ich wollte nur wissen, ob mein Misstrauen berechtigt gewesen war."

Kate bemerkte aus den Augenwinkeln, wie Mika erschrocken die Augen aufriss. **Was ist mit ihr los?**, fragte sich Kate verwirrt.

„Und?"

„Ich war geschockt! Manche der Verschlüsselungen konnte ich nicht knacken, aber was ich gesehen habe reicht allemal, um den Betrieb schließen zu lassen." **Das klingt übel. Was ist auf dem Stick bloß drauf?**

„Eigentlich wollte ich zur Polizei, doch ich habe gezögert. Immerhin war meine Aktion auch nicht wirklich legal." Jetzt lächelte er fast. „Ich habe zu lange gewartet. Kurz darauf kamen Drohungen. Sie wussten es." **So langsam scheint er sich warm zu reden.**

„Welche Daten waren auf dem Stick?" Der Mann schaute Kate an.

„Ich kann es euch nicht sagen. Wenn ihr das wüsstest, wärt ihr sofort in der Schusslinie." **Das sind wir doch auch so schon. Jetzt, wo wir dich getroffen haben.**

„Ein anonymer Anrufer befahl mir, den Stick unter den Fußabtreter vor die Tür zu legen und selbst im Haus zu bleiben." **Bescheuerter können Verbrecher doch gar nicht sein! Sie haben ihn hervorragend vorgewarnt. Glück für ihn.** „Mir war bewusst, dass sie mich nicht einfach so in Ruhe gelassen hätten, wenn ich ihnen das Datenspeichergerät gegeben hätte. Das wäre zu riskant."

„Und dann sind sie geflohen?" **Nicht so ungeduldig, Kate. Hör auf, zu drängeln, sonst macht er womöglich noch vollständig dicht.** „Ja. Ich bin in mein Auto gestiegen und wollte mit dem Stick zur Polizei. Das war mir dann doch zur viel." Er ballte seine Hände zu Fäusten. „Ich hätte besser auf der Polizeiwache anrufen sollen, aber ich hatte die Befürchtung, dass meine Telefonleitung abgehört wurde. "

„Sie wollten zur Polizei. Haben Sie es nicht geschafft?" Felix schaute ihn besorgt an.

„Nein. Auf einer Landstraße ist mir plötzlich der Sprit ausgegangen. Das war garantiert kein Zufall und ich habe gerade noch einen Unfall verhindern können und es an einem Waldrand geschafft, zu bremsen." Er starrte auf seine Hände. Kein Lächeln mehr. Nur noch das Grauen wie ein unsichtbarer Schatten. „Ich habe auf meiner Flucht zufällig einen Reiter getroffen und ihm den Stick unauffällig in die Satteltasche gesteckt. Ich dachte, so kämen die Daten erstmal aus der Gefahrenzone und wären sicherer als bei mir." **Mmm. Dadurch ist der Reiter aber auch irgendwie in die Gefahrenzone geraten.**

„Sie haben mich gejagt und sie haben mich gefasst." Er hob den Kopf und sah Kate stirnrunzelnd an. Die Härte in seinem Blick beunruhigte sie. „Ich war in Gefangenschaft. Zurückblickend müssten es etwa fünf Tage gewesen sein. Mir gelang die Flucht und ich bin zurück in diesen Wald, um den Stick vor den Verbrechern zu finden. Darauf waren wichtige Beweise!"

„Warum haben Sie nicht schon vor der Suche die Polizei eingeschaltet?" **Gute Frage.** Nicks Augen zuckten wieder nervös umher.

„Glaubt ihr, die Polizei hätte den gesamten Wald für einen USB-Stick abgesucht? Ich hätte vielleicht Personenschutz bekommen, aber ...", er räusperte sich, „na ja, ich wusste nicht, wie es für mich ausgesehen hätte. Immerhin habe ich Datendiebstahl begangen und ich hatte keine Beweise. Meine Firma hätte mich theoretisch verklagen können." Er blickte sie nervös an. „Auf jeden Fall habe ich erstmal den Reiter gesucht. Es gibt kaum Pferdeställe in der Gegend und ich habe schnell den richtigen Stall gefunden. Er liegt am Waldrand." Nick fuhr sich müde mit der Hand über das Gesicht. **Und weiter?** Endlich jemand, der die fehlenden Puzzleteile in der ganzen Geschichte kannte.

„Der Stick war nicht mehr dort, also dachte ich, der Reiter hätte ihn irgendwo unbewusst verloren. Vielleicht ist er aus der Satteltasche gefallen. Später habe ich auf dem Hof mit dem Jungen geredet und er wusste nichts von dem Stick. Also bin ich die Reitstrecken abgelaufen und habe ihn überall gesucht, doch natürlich nicht gefunden." Er nickte gedankenverloren. „Irgendwann begriff ich die Sinnlosigkeit meiner Suche und beschloss, erstmal in die nächste Stadt zu gehen und in Ruhe nachzudenken. Meine Verfolger hatten immerhin das gleiche Problem wie ich." Mika sah mit jedem Augenblick entsetzter aus. **Was hat sie denn???**
Nick sammelte sich kurz.

„Ich hatte keine Ahnung, was ich machen sollte. Ohne Beweise wollte ich nicht zur Polizei, doch ich wusste nicht, wo sich dieser USB-Stick befindet." **Irgendwas stimmt doch mit Mika nicht! Ich finde die Geschichte auch heftig, aber so schwache Nerven hat sie doch normalerweise nicht.**

„Und dann kamen …"

„Caroline und Edward?"

„Ja, leider."

„Sie haben den Auftrag, dich zu finden und haben uns nebenbei aus dem Verkehr gezogen, um freie Bahn zu haben. Deshalb wurden wir ohne Ausrüstung und Proviant ausgesetzt!" Nick atmete geräuschvoll aus.

„Das tut mir sehr leid! Caro und Ed sind zwei alte Kollegen von mir. Deshalb hat mich die Tatsache auch so geschockt, dass sie anscheinend den Auftrag bekommen haben, mich und den USB-Stick zu finden. Ich vermute, dass die Firma sie wegen gewissen Vorstrafen erpressen kann." Kate nickte. **Das würde Sinn machen.** „Sie haben vor ein paar Tagen mein Hotelzimmer aufgespürt und es gelang mir nur um Haaresbreite, vorher noch mit meinen Sachen auszuchecken und zu verschwinden. Kaum war ich um die nächste Straßenecke, kamen die zwei schon durch die Eingangstüren gestürmt. War echt knapp. Ich bin gleich losgerannt. Sie wussten, dass ich in der Stadt gewesen bin. Bleiben war mir zu riskant. Also kaufte ich so schnell ich konnte ein paar wichtige Sachen in einem kleinen Geschäft neben dem Hotel und floh wieder in den Wald."

„Ach, dann war dieser Einkaufszettel von ihnen?", unterbrach Kate. Nick sah sie verwirrt an bis sie den Kassenbeleg aus ihrer Hosentasche holte und ihm in die Hand drückte. „Deswegen haben wir die Straße verloren. Dort waren ein Trampelpfad *und* dieser Zettel." Nick biss sich auf die Lippe, während er den Beleg überflog. „Ja", sagte er schließlich, „der ist wohl oder übel von mir. Ich bin per Anhalter aus der Stadt gekommen, hier im Wald ausgestiegen und habe nach dem Baumhaus gesucht. Ein alter Freund von mir hat früher hier gelebt und mir irgendwann mal davon erzählt. Früher hat es als Hochsitz für die Jäger gedient, doch inzwischen ist es zu alt und die Baumkronen sind zu dicht. Ich habe allerdings einen sicheren Platz gebraucht. Hier können Caroline und Edward uns erstmal nicht finden und man ist relativ gut versteckt. Wahrscheinlich habe ich aber in meiner Eile den Zettel verloren und einen Trampelpfad hinterlassen".

„Man sieht ihn kaum", versicherte Felix. „Nur unter dem Baumhaus ist der Boden ziemlich plattgetreten." Nick rieb sich die Stirn.

„Ich musste mein ganzes Zeug hier hoch bugsieren und es ist mir mehr als nur einmal wieder nach unten gefallen!" Er schwieg. Kate war so langsam richtig genervt. **Meine Güte, wir schweifen schon wieder vom Thema ab!**

„Aber was hast du jetzt vor? Hier im Wald verstecken bis es Winter wird?", fragte Felix.

„Zuerst suche ich weiter nach dem USB-Stick und dann … mal schauen." Sie schwiegen. In diesem Moment räusperte sich Mika leise. Erstaunt sah Kate sie an.

„Also, ich … ich habe im Wald … ich habe dort einen Stick gefunden." Mit zitternder Hand wühlte sie in der Tasche ihrer Jeans und zog dann ein kleines, unscheinbares Gerät hervor. Nicks Miene war echt sehenswert.

„Ich habe ihn nach dem Sturz mit meinem Wassereimer zufällig gefunden und es ist so viel passiert in letzter Zeit! Ich habe nicht mehr daran gedacht!", verteidigte sie sich hastig und fühlte sich sichtlich von Sekunde zu Sekunde unwohler. Schließlich durchbrach Kate die Stille.

„Caroline und Edward haben uns doch durchsucht!"

„Caroline hatte es ziemlich eilig, nachdem sie mich gefunden hatte. Eigentlich hat sie mich nur kurz abgetastet. Ich denke nicht, dass sie den Stick bei mir erwartet hat. Wahrscheinlich hat sie ihn übersehen."

Nick nahm fassungslos den USB-Stick in die Hände und drehte ihn zwischen den Fingern. Die Stimmung war zum Zerreißen gespannt. Nach einer Weile hob er langsam den Kopf.

„Damit …", er hielt den winzigen Stick dicht vor seine Augen, als könnte er nicht glauben, dass er real war, „damit haben wir … Beweise!" Ein unglaublich breites Lächeln zog seine Mundwinkel nach oben.

25

Inzwischen war es ziemlich dunkel und Nick gab ihnen ein paar Decken. Mika wickelte sich fröstelnd in den Stoff ein und schaute nochmal nach Kevin, der inzwischen friedlich schnarchte. Kate setzte sich in eine andere Ecke. Nähe war eben einfach nicht so ihr Ding.

Der nächste Morgen kündigte sich mit Regen an, dessen Heftigkeit sie überraschte. Die Tropfen fielen mit lautem Getöse durch das Blätterdach und prasselten auf den Waldboden. Kate dankte mit ganzem Herzen der Regenplane für ihre Existenz. Das Rauschen um sie herum wurde mit der Zeit so ohrenbetäubend, dass sie einander kaum verstehen konnten und Kate wickelte sich fester in ihre Decke. **Wir haben so was von Glück, dass wir Nick gefunden haben!**

Eine andere Beschäftigung außer Warten gab es nicht.

Es gab nämlich *kein Netz*, was bedeutete, dass Nick ernsthaft vorhatte, nach einem Ort zu suchen, von dem aus er die Polizei verständigen konnte. **Wieso hat er nicht an Funkgeräte gedacht???** Allerdings hatte sich das Wetter nicht verbessert und Nick hatte im Moment alle Hände voll zu tun, die Bruchbude von einem Baumhaus zusammenzuhalten.

Kates Blick verharrte nachdenklich auf dem Holzboden. Der Wind peitschte die Nässe nach innen, die sich dunkel auf dem alten Holz abzeichnete.

In diesem Moment quetschte sich Nick an ihr vorbei und suchte eilig in seinen Taschen nach neuen Kabelbindern. Kate stand vorsichtig auf, wickelte sich die Decke fester um den Oberkörper und half Nick beim Suchen. Die Vorstellung, das Baumhaus könnte irgendwann den Geist aufgeben, war nicht wirklich verlockend. Vor allem nicht jetzt.

Der Morgen verging schleppend und der nicht enden wollende Regen verwandelte den Waldboden in ein matschiges Moor. **Eigentlich ist das gut. So sieht man zumindest unsere Spuren nicht mehr.**

Kevin ließen sie schlafen. Nur manchmal wurde er aufgeweckt, damit er etwas trank oder aß.

Momentan hatte es Felix übernommen, nach dem Baumhaus zu sehen, damit Nick eine Pause machen konnte.

Statt zu schlafen hatte dieser sich allerdings seinen Laptop genommen (ein kleines, topmodernes, wahrscheinlich wasserfestes Teil) und sich in eine Ecke zurückgezogen, wo er nicht gestört werden wollte. Der Stick war seit gestern in seiner Jackentasche verschwunden und Kate hatte ihn seitdem nicht mehr gesehen. Sie hätte Nick zu gerne heimlich über die Schulter geschaut, aber nachdem er ihre ersten Versuche bemerkt hatte, war er wütend geworden und Kate hatte es gelassen.

Die Stunden vergingen, der Regen wurde schwächer, aber die Tropfen fielen weiterhin endlos vom Himmel bis in den frühen Nachmittag hinein.

Kate ließ ihren Blick in die Ferne schweifen und dachte nach. Heute musste schon Sonntag sein. Schöner Mist. Sie schaute sich nach den anderen um. Sieben Tage waren sie jetzt schon ohne Dusche, frische Klamotten und Zahnbürsten hier draußen und man konnte es ihnen deutlich ansehen. Riechen taten sie wahrscheinlich auch nicht gerade gut und auf einmal wurde Kate bewusst, dass sie seit fünf Tagen das gleiche, verschwitzte, dreckige T-Shirt trug.

Sie fasste einen Entschluss. Müde stand sie auf und begann, Nicks Taschen zu durchsuchen. Vielleicht hatte er ja auch frische Kleidung dabei, die er ihnen leihen konnte.

„Was machst du da?" Fragend blickte Nick sie von seiner Ecke aus an.

„Ich dachte, vielleicht haben sie ein bisschen frische Kleidung dabei, die sie uns geben könnten. Ich wollte nur nicht stören." Der Mann dachte kurz nach, dann nickte er.

„Ich habe tatsächlich ein bisschen was eingepackt. Das hatte ich gestern völlig vergessen! Warte kurz." Er holte einen zugeschnürten Stoffbeutel und hielt ihn ihr entgegen. **Er scheint nicht verärgert.**

„Das könnt ihr haben, ich schenke es euch."

„Danke." **Pokerface. Lächeln. Nicht mehr und nicht weniger.** Nick zog es wieder zu seinem Laptop und Kate setzte sich zu den anderen.

„Wie wäre es, wenn wir uns kräftig duschen? Wann wäre ein besserer Zeitpunkt?" Alle Blicke wanderten zu dem strömenden Regen. Mika nickte knapp.

„Du hast recht. Wir müffeln wie eine Horde Ungeheuer."

„Nick hat uns frische Sachen gegeben." Kate warf ihr den Stoffbeutel zu. Die Stimmung hob sich fast augenblicklich. **Endlich gibt es was zu tun!**

Felix hatte eine Seife gefunden und sie zogen sich bis auf die Unterwäsche aus. Kate zögerte zwar einen Augenblick lang, aber schließlich überwog die Vorfreude auf frische Klamotten und sie schob ihre lästigen Gedanken zur Seite. Die Kälte des niederfallenden Wassers überraschte sie einen Moment lang, als sie vorsichtig die Leiter hinabstiegen, doch am Boden angekommen schloss sie entspannt die Augen. Die Tropfen rannen ihr den Rücken hinab und sie fühlte sich das erste Mal seit langem unbeschwert erleichtert. **Werde jetzt nicht zu emotional!** Sie öffnete die Augen wieder, wischte das glücksselige Lächeln aus ihrem Gesicht und drehte sich zu den anderen. Mika war schon dabei, sich einzuseifen, während Felix etwas unschlüssig herumstand.

„Jetzt komm schon!" Kate machte eine ungeduldige Handbewegung. Er war so schwer einzuschätzen. „Hier." Mika gab ihr die Seife und Kate machte sich keine Gedanken mehr über Felix. Es tat gut, im strömenden Regen zu stehen. Wie, als würde das Wasser alle dunklen Erinnerungen verblassen lassen und ihre Hoffnungen heben. Die Kälte ließ ihr Herz schneller schlagen. Ja, es würde alles gut werden. In dem Stoffbeutel befanden sich ein paar frische T-Shirts, Leggins und Unterhosen. Nick hatte sie wohl als Ersatzsachen eingepackt, denn die Klamotten waren ihnen viel zu groß. Sie zogen sie trotzdem an und hängten ihre alten Klamotten im Regen auf, damit sie wieder sauber wurden. Kate war nun erst recht kalt, doch mit den Decken wurde es allmählich erträglich.

Die Sonne sank und sank bis sie am späten Nachmittag tief am Himmel hing. Der Regen hatte sich schließlich doch in ein Tröpfeln verwandelt und Felix übergab seine Aufgabe, nach dem Baumhaus zu sehen, an Kate. Wolken verdüsterten den Himmel zu einem schweren Bleigrau. Das schwache Tageslicht reichte kaum aus und Kate suchte sich eine Taschenlampe, um den Halt der Plane zu überprüfen. Es schien alles in Ordnung, doch sie tigerte weiterhin in ein Meter großen Kreisen herum. **Diese verflixte Enge.** Nach ihrer Ankunft hatte Kate zunächst viel geschlafen, doch inzwischen fühlte sie sich wieder halbwegs fit. Das Problem war, dass sie noch nicht in Sicherheit waren. Jederzeit konnten die Verbrecher sie finden und Kate fühlte sich bereit für weitere Strapazen. Doch nun saß sie den ganzen Tag nutzlos herum und musste damit rechnen, zu jeder Zeit erneut fliehen zu müssen. Das machte sie fertig! **Verrückt.** Die Wolken versiegten kurz, doch nur Minuten später fing es wieder zu nieseln an. Kate starrte in den Himmel hinauf. Regen war wichtig! Regen war gut! **Aber warum ausgerechnet jetzt???** Sie setzte ihr Herumwandern fort. Schritt. Schritt. Umdrehen. Schritt. Schritt. Umdrehen.

„Der Regen hat fast aufgehört. Ich werde versuchen, aus dem Funkloch herauszukommen, um die Polizei zu kontaktieren. Es hat keinen Sinn, noch länger zu warten. Ich hoffe, es ist noch nicht zu spät." Kate blieb stehen und drehte sich zu Nick um.

„Seien sie vorsichtig." **Warum siezen wir ihn eigentlich noch?**

„Ich werde mich bemühen, aber ich bitte euch, das Baumhaus nicht zu verlassen. Hier seid ihr relativ sicher und wenn alles klappt, sind wir alle in ein paar Stunden aus der Gefahrenzone. In Ordnung?"

„Ja."

„Dann ist gut." Nick lächelte müde, kletterte kurz darauf die Leiter herunter und verschwand im Wald. **Wir hätten das viel früher machen sollen. Wenn die Verbrecher es doch irgendwie schaffen, uns ausfindig zu machen, sitzen wir ausweglos in der Klemme.**

Kate setzte ihr hin- und herwandern fort bis sie zufällig an Nicks Laptop vorbeikam. Er hatte ihn wohl ausversehen im Stand-by gelassen, statt ihn herunterzufahren. Kate ließ sich im Schneidersitz vor ihm nieder und wollte ihn gerade ausschalten, um die Batterie zu schonen, als ihr Blick auf den USB-Stick fiel, der neben dem Desktop auf einer Decke lag.

War das Absicht? Die Daten darauf müssen extrem wichtig sein, also warum lässt er sie hier zurück? So müde kann er doch gar nicht gewesen sein! Kate nahm den Stick und drehte ihn zwischen den Fingern. Das war die Gelegenheit! **Es ist gefährlich, die genauen Dateien zu kennen. Nick wird sauer sein. Er hat es ausdrücklich verboten.** Die Verlockung war groß. So unscheinbar und friedlich sah das Datenspeichergerät aus, das dort in Kates Hand lag. Kaum zu glauben, dass sich so gefährliche Informationen darauf befanden. Kate spähte umher. Wie lange würde Nick weg sein? Bestimmt dauerte es eine Weile, hier irgendwo Netz zu finden.

Warum denkst du darüber nach? Wieso tust du das? Vielleicht war es Nicks Absicht? Er könnte es gewollt haben? **Verdammter Blödsinn! Ausreden. Alles Ausreden. Schlechtes Gewissen. Lass es doch einfach, Kate. Hör auf! Lass das!** Warum schoben ihre Finger den Stick in den Laptop? Warum öffnete sie die Dateien? **Weil deine Neugier dir wahrscheinlich richtige Probleme bereiten wird, wenn du nicht sofort aufhörst, in fremden Angelegenheiten herumzuschnüffeln!**

Sinnlos.

Es war Sinnlos.

Kates Augen hielten den Bildschirm gefangen, während die Dateien aufgerufen wurden.

Eine gespeicherte Datei nach der anderen öffnete sich und es waren so viele, dass Kate kaum den Überblick behielt. Sie wartete bis keine neuen Seiten mehr angezeigt wurden, um den Computer nicht zu überfordern. Dann überflog sie wahllos den Inhalt des Speichergeräts. Das meiste waren seitenlange Textdokumente mit winzigem Fließtext, der zu viel Zeit in Anspruch nehmen würde, doch dann blieb ihre Aufmerksamkeit an einem grobkörnigen Foto hängen. Sie klickte die Datei in den Vordergrund und erkannte den Mann sofort. **Edward!** Sie nahm die Informationen kaum wahr, so schnell überflog sie die Seite. Geburtsort. Lebenslauf. Sie näherte sich mit dem Gesicht dem Bildschirm. **Meine Güte! Polizei- und Gerichtsakten! Anzeigen wegen Erpressung und Mord!** Die Kälte jagte ihr den Rücken hinunter und der Schweiß schoss ihr ins Gesicht. Das hatte Nick wohl mit ‚gewissen Vorstrafen' gemeint. **Scheiße.**

„Was machst du da?" Kate schnappte erschrocken nach Luft. Mika. Das Blut raste durch Kates Adern. Adrenalin. **Pokerface! Pokerface, Kate! Sofort!**

„Ich…". **Kein schuldbewusster Blick zum Computer!** „Ich habe nur was geschaut." Sie klappte betont lässig den Laptop zu. **ABLENKUNG!!!**

„Wie geht es Kevin?" Mika seufzte leise. **Schöpft sie Verdacht? Nein, wahrscheinlich nicht.**

„Deshalb wollte ich mit dir sprechen. Ich habe regelmäßig nach ihm geschaut und er schläft wieder, doch ich bin sehr müde. Kannst du übernehmen? Nur für ein paar Stunden." Sie schaute Kate fast flehend an.

„Ähm, ja. Okay."

„Danke." Mika lächelte flüchtig und sichtbar erleichtert. Sie warf Kate und dem Laptop noch einen kurzen, leicht irritierten Blick zu, dann huschte sie davon, nahm sich ihre Decke und kauerte sich in einer Ecke zusammen. Kate beobachtete sie wie erstarrt. Endlich ging Mikas Atem ruhiger und gleichmäßiger.

Mit einem tiefen Aufatmen löste sich der Druck aus Kates Brust. Wenn sie Glück hatte, schlief Kevin einfach weiterhin friedlich vor sich hin und sie hatte ihre Ruhe. Hastig öffnete sie erneut die Datei. Informationen. Sie scrollte weiter und klickte dann eine andere Seite an, die ebenfalls ein Foto enthielt. Sie wusste schon, wer es war, bevor sie es genauer betrachten konnte. **Caroline!** Das Foto war ebenso körnig. Vielleicht schon etwas älter. Die Frau darauf sah jünger aus, freundlicher, unbeschwerter. Geburtsort. Lebenslauf. Stopp! Sie kniff die Augen zusammen. Fassungslos.

Zusätzliche Informationen: Geburt einer Tochter (Manchester, England); sofortige Freigabe zur Adoption; derzeitiger Aufenthaltsort: unbekannt; Adoptionsfamilie: Anderson; Geburtsname: Lucie Dun; Namensänderung: …

Nein! Schnell atmend wandte sie das Gesicht ab. Das war völlig unmöglich! Nun gut, es gab einige Übereinstimmungen, aber das hieß gar nichts. ‚Kate, wir wollten dir schon lange etwas Wichtiges sagen, aber wir wussten nicht, welchen Zeitpunkt wir wählen sollten …' Stopp! ‚Du weißt, dass wir dich lieben. Wir haben dich immer geliebt und wir werden es auch weiterhin immer tun!' Unmöglich!!! ‚Wir wollten dir nicht früher Bescheid sagen. Wir hatten Angst, wie du reagieren würdest.' NEIN! ‚Du hättest es sowieso irgendwann herausgefunden …' Das heißt gar nichts!!! ‚Wir, wir sind nicht deine biologischen Eltern. Du wurdest von uns adoptiert, als du … nicht mal ein Jahr alt warst.'

NEIN!!! Nein, nein, nein, nein, nein, nein, nein!!!!!!!

Namensänderung: Kate Anderson.

26

Ihre Augen klammerten sich an die Buchstaben, kletterten in rasendem Tempo an ihnen entlang, krallten sich an die Sätze.

Namen.

So viele Namen.

So viele Menschen hinter diesen Buchstaben. Kleine, schnörkelige Dinger, die so unscheinbar waren und doch für so viel stehen konnten.

Informationen.

Geschichten.

Ganze Leben.

Namen.

Sie füllten Zeilen. Ein Grauen hatte Kate gepackt, zwang sie, weiterzulesen. Buchstabe für Buchstabe. Ihr Herz raste haltlos. **Ich darf das eigentlich gar nicht wissen. Ich hätte das nicht tun sollen!** Mit gefühlslosen Händen schloss sie die Dateien, zog den Stick heraus und positionierte alles wieder so wie zuvor. Ihr Puls hämmerte in ihren Ohren.

Ich bin die Tochter einer ...

Sie konnte es nicht zu Ende denken, spürte das Prickeln von Tränen in ihren Augen.

Der restliche Abend zog an ihr vorbei, ohne dass sie es wahrnahm. Teilnahmslos saß sie da, starrte vor sich hin und hatte sich in einem Netz aus Gedanken und Ängsten verstrickt. Mit leerem Blick war sie in sich zusammengesunken. Lautlos. Allein. ‚**Nimm es nicht so schwer, Kate. Du gehörst zu uns! Kate und Cassie für immer. Weißt du noch? Was ändert es daran, dass du von jemand anderem geboren wurdest? Hör auf, an dir selbst zu zweifeln!‘ Ach, Cassie. Du kannst deine Haut wechseln, von einer Rolle in die nächste schlüpfen, doch du wirst immer du selbst bleiben. Cassie.**

Meine Schwester. Ich kann das nicht. ‚Wir sind deine Familie! Erinnere dich an deine Vergangenheit hier!' Wie soll ich vergessen, dass ich jemand anderes bin? Du kannst das, ich nicht. ‚Schauspielern hilft dir in so einer Situation nicht. Du musst du selbst sein!' Zeig es mir, Cassie. Bitte. ‚Kat, lass dir Zeit. Es wird sich alles regeln.' Bitte, zeig es mir!

„Alles in Ordnung?" Kate riss die Augen auf. Der Regen prasselte immer noch rauschend durch das Blätterwerk. Der letzte Rest des fahlen Abendlichts verschwand gerade hinter dem Horizont. Nick stand vor ihr. Fahrig strich sie sich die Haare aus dem Gesicht, wollte ein Pokerface auflegen, doch es funktionierte nicht. Sie fühlte sich matt und kraftlos. **Kate!** Sie riss sich zusammen und schaffte es immerhin, fast gelangweilt zu schauen.

„Ja. Ja, klar. Alles okay." **Das hatte schon mal besser geklappt.**

„Mit Kevin soweit alles in Ordnung?" Mit einem kleinen Schrecken fuhr Kate herum. Sie hatte seit Stunden nicht mehr nach ihm geschaut! Hastig rappelte sie sich auf.

„Kann ich etwas zu trinken haben?", murmelte dieser verschlafen, als Kate und Nick sich neben ihn knieten. Kate holte eine Flasche Wasser. Während Kevin sich aufsetzte und in kleinen Schlucken trank, fiel Kate etwas Wichtiges ein.

„Hast du die Polizei verständigt?" Erst nachdem sie gefragt hatte, fiel ihr auf, dass sie Nick nicht mehr siezte. War ja auch irgendwie bescheuert, wenn sie seit Tagen in dieser Enge zusammensaßen. Nick schüttelte grimmig den Kopf.

„Kein Netz. Ich habe stundenlang gesucht. Morgen versuche ich es nochmal." Kates Magen zog sich zusammen. Sie wollte endlich raus aus diesem Albtraum! Enttäuscht nickte sie und stand auf. Sie wollte nur noch alleine sein.

Alleine und unerreichbar.

‚Lass dir Zeit.' **Ach, Cassie**. Kate starrte wieder in den Himmel. Dort leuchtete der aufgehende Mond. Ein Halbmond. **‚Du bestimmst selbst, wer du bist. Deine Entscheidungen führen dich deinen Weg entlang! Nicht deine Herkunft.'** Es gab viele Kates Andersons, doch Kate wusste, dass es schon sehr großer Zufall sein musste, wenn nicht sie damit gemeint war. **Selbst wenn du es bist, selbst wenn deine Mutter eine … eine Mörderin ist … du entscheidest selber über dein Leben, Kate!** Sie schob das Gewirr aus Emotionen sanft, aber bestimmt von sich. Sie würde nicht an ihrer Vergangenheit verzweifeln!

27

Ehe Kate wusste warum, war sie schon schwungvoll aufgestanden. Wenige Meter entfernt hörte sie die anderen leise atmen. Was wollte sie tun? Sie steckte sich, spannte die Muskeln an und fühlte, wie sich ihr Puls erwartungsvoll erhöhte. Irgendwas musste sie tun! Gespannt wie ein Bogen stand sie da und lauschte bis ihr auffiel, dass jemand fehlte. Mit zusammengekniffenen Augen spähte sie in die Finsternis. Plötzlich fiel ihr auf, dass die Leiter heruntergelassen worden war!

Vorsichtig schlich sie zum Rand des Baumhauses und tatsächlich! Dort unten stand jemand, den sie als Kevin identifizierte. Was machte er da? Ohne lang zu überlegen, packte sie die Sprossen und kletterte lautlos hinunter. Er hatte sie nicht bemerkt. Rastlos ging er hin und her und murmelte vor sich hin.

Er redete mit sich selbst!

„Hey, Mika. Ich … ich wollte …". Er verstummte. „… Na ja, du … du warst in letzter Zeit zu mir irgendwie so freundlich …". Er schüttelte den Kopf. „Nein, das klingt scheiße. Vielleicht eher … aufmerksam? Ja, okay, besser." Kevin raufte sich die Haare und setzte erneut an. „Irgendwie. Ähm, ich finde das sehr, nun ja, nett?"

Das schlechte Gewissen regte sich in Kate, doch sie wagte nicht, sich zu bewegen. **Übte er ein Gespräch ein??? Unglaublich.** „Ich … ich wollte, dass du weißt, dass ..." Stille. „Meine Güte, wieso ist es so schwer, etwas so Simples zu sagen?!" Er rieb sich verzweifelt sein Gesicht. „Was ich meine, ist, dass ich ... also, ich wollte, ich wollte dir … danken. Es ist … na ja … wie soll ich es sagen? Dir ist ja aufgefallen, dass ich manchmal komisch bin, oder?" Er gestikulierte hilflos mit den Händen in der Luft. „Ich … ich habe dir nie den Grund gesagt, aber … ich bin dir irgendwie, ich weiß nicht, dankbar, dass du dich … für mich … interessierst. Verstehe das ja nicht falsch!?" Er schwieg zunehmend entsetzter über sich selbst und raufte sich verzweifelt die Haare. „Das geht gar nicht! Es klingt, als würde ich ihr einen Heiratsantrag machen wollen!" Er verstummte und Kate musste sich trotz der Situation ein Kichern verbeißen. Doch Kevin schien etwas gehört zu haben, denn er drehte sich um und ... sah Kate direkt in die Augen. Beide erstarrten.

„Ach, scheiße!", setzte er nach ein paar Schrecksekunden wieder an: „Wir ... wir wurden erpresst!" Flüchtig nickte er Kate zu. **Ich darf bleiben! Was soll das? Was will er Mika erzählen?**

„Mein Bruder Chris hatte damals bald seinen siebten Geburtstag. Ich war acht. Unser Leben war ... perfekt." Er wurde immer leiser. „Wir wohnten in einer kleinen Wohnung am Stadtrand und machten jeden Samstag zusammen eine Fahrradtour." Kevin verharrte in der Dunkelheit und Kate bemerkte erschrocken, dass er zitterte.

„Irgendwann fiel mir auf, dass unsere Eltern immer nervöser wurden, doch sie versuchten, es uns gegenüber zu verbergen. Es war im September, als sie wie immer zur Arbeit gingen und ich auf meinen Bruder aufpassen sollte. Da wir einen kleinen Wald in der Nähe unserer Wohnung hatten, beschlossen wir, dort verstecken zu spielen. Es war ein schöner, sonniger Tag und uns war langweilig. Im Wald hatte es uns immer sehr gut gefallen." Er atmete tief ein. „Nun ja, wir spielten wie gesagt verstecken. Mein Bruder versteckte sich und ich sollte ihn suchen." Kevins Stimme klang ungewohnt belegt. „Es ging alles so schnell. Ich hörte meinen Bruder um Hilfe schreien, doch als ich an der Stelle ankam, sah ich in der Ferne nur noch einen Wagen davonfahren. Die Polizei konnte die Spuren nicht verfolgen." Diesmal schwieg er sehr lange. „Dann wurden wir erpresst. Es ging um die Arbeit meiner Eltern, doch ich habe es zu diesem Zeitpunkt noch nicht verstanden." Kate sah, wie er schluckte und seine Stimme war nur noch ein heiseres Flüstern in der Finsternis. „Sie waren völlig fertig und schließlich gaben sie nach. Chris kam eine halbe Woche später zu uns zurück, doch diese

Tage waren die schlimmsten meines Lebens. Chris stand unter Schock und musste längere Zeit in Therapie gehen, doch nach und nach erholte er sich wieder. Er war immer schon so stark gewesen." Eine längere Stille entstand. „Ich bin nicht damit klargekommen und das Wort ‚Normalität' existierte nicht mehr. Nicht mehr für mich." Er stockte. „Chris erholte sich vollständig und wir tauschten die Rollen. Jetzt passte er auf mich auf, aber diese halbe Woche lang … ich kann es nicht beschreiben. Ich habe weder geschlafen noch gegessen. Geweint habe ich. Tagelang. Meinen Eltern ging es nicht viel besser als mir, doch sie waren für mich da. So, wie ich nicht für meinen Bruder dagewesen bin.

Als er wieder nachhause kam … du kannst gar nicht glauben, wie ich mich gefühlt habe. So erleichtert, so voller Angst, ich könnte ihn wieder verlieren. Ich habe mich entschuldigt bis ich heiser war. Vor mich hingeflüstert, Tag und Nacht. Viele Leute haben mich angesprochen, mich aufgefordert Hilfe anzunehmen, doch ich habe nicht reagiert." Kevin seufzte schwer. „Die Vorstellung, dass ich Chris fast verloren hätte, dass es meine Schuld gewesen wäre, nistete sich in mir ein, hat mich zerfressen. Das schlechte Gewissen hat mich begleitet, in jeder Sekunde. Traumatisiert. So haben sie mich genannt." Plötzlich klang er erschöpft. „Ich habe mich abgeschottet und wurde zum Außenseiter, doch das hat mich in der Schule interessant gemacht. ‚Seht nur, da sitzt dieser seltsame Junge.' Ich wollte mir nicht helfen lassen, von niemandem. Irgendwann habe ich mir dann eine Fassade aufgebaut. Eine lässige ‚mich-interessiert-das-alles-einen-Scheiß' Fassade, wie Mika es genannt hat." Er schwieg wieder eine Weile. „Es hat mir geholfen, Abstand zu bewahren und ich hatte wieder meine Ruhe. Meistens. Es war ein Erfolg. Ich fand ein paar ‚Freunde', mit denen ich manchmal abhing und verschwand allmählich wieder aus dem Mittelpunkt. Trotzdem gab ich irgendwann vor, jemand anderes zu sein." Er seufzte. „Mit der Zeit habe ich mich verändert. Ich empfand kaum noch etwas. Meine Versuche, wieder stärkere Emotionen zu empfinden, wurden immer ‚gefährlicher‘ und ‚krimineller‘ bis ich irgendwann erwischt wurde und schließlich Sozialstunden bekommen habe." Er schnaufte.

„Vor einiger Zeit durfte ich damit wieder aufhören und musste aber weiter in Therapie. Es war meine Therapeutin, die mir empfohlen hat, mich für diese Tour zu bewerben, um etwas Entfernung zu der ganzen Geschichte zu bekommen." Er schüttelte den Kopf. „Irgendwie wurde ich tatsächlich genommen und dann stand ich plötzlich in diesem Wald.

Am Anfang tat ich einfach so gleichgültig cool, wie immer, doch nach und nach wurde es ... ich weiß nicht ... anders? Das erste Mal seit langem war mir etwas nicht völlig egal. Ich habe wieder etwas gefühlt! Ich empfinde wieder Emotionen! Zwar nicht so stark, aber immerhin etwas." Kevin schwieg verlegen und stieß dann geräuschvoll die Luft aus, als hätte er sie die ganze Zeit angehalten. Seine Schultern sanken um ein ganzes Stück nach unten und er ließ sich auf den Boden sinken.

Kate starrte ihn fassungslos an. Sie wusste selbst nicht so genau, wie sie sich Kevins Verhalten erklärt hatte, aber sowas hatte sie garantiert nicht erwartet.

Was sollte sie tun?

Gab es für so eine Situation überhaupt die richtigen Worte?

Unschlüssig betrachtete sie diesen Jungen, der so verletzlich, so gebrochen am Boden saß und das Gesicht in den Händen vergraben hatte.

Sie hatte ihn von Anfang an falsch eingeschätzt, hatte sich nicht einmal *gefragt*, warum er sich so gleichgültig verhielt.

Unsicher ging sie ein paar Schritte auf ihn zu, doch sie war nicht die richtige Person für sowas. **Diese ganze Situation hätte nie entstehen sollen!** Sie seufzte leise.

„Rede mit Mika darüber. Sie kann dir bessere Ratschläge geben als ich." Mit diesen Worten ging sie zum Baumhaus zurück, bevor sie es noch schlimmer machen konnte.

28

Über Nacht hatte der Regen ganz aufgehört. Nick war schon wieder losgezogen, um Netz zu suchen. Er hatte aber angekündigt, dass sie sich zum Aufbruch bereit machen sollten.

Die Stimmung war ausgelassen und fröhlich bei dem Gedanken des Aufbruchs. Mika pfiff vor sich hin, Felix *lächelte* und selbst Kevin summte leise. Er wirkte immer noch etwas kränklich, doch ansonsten ging es ihm scheinbar wieder relativ gut. Kate bemühte sich um einen neutralen Gesichtsausdruck, doch die Informationen der letzten Nacht bewegte sie immer noch.

Der Himmel war bewölkt, aber an vielen Stellen lichteten sich die Wolken und machten Platz für schwache Sonnenstrahlen. Kate stellte außerdem fest, dass die Luft ein wenig schwül geworden war und es von Stunde zu Stunde wärmer wurde.

Es kam ihr wieder der USB-Stick in den Sinn und ihr fielen neben den Namen auch einige Anklagepunkte der beiden Verbrecher ein. Bei Edward hatte es eine saftige Strafe wegen illegaler Entsorgung von Chemikalien gegeben. **Wieso tun Menschen sowas? Blöde Frage, wegen Geld natürlich. Statt verantwortungsvoll zu handeln und ein bisschen mehr Geld für nachhaltige Entsorgung auszugeben, verhalten wir uns manchmal echt unfassbar egoistisch. Die Erde stellt so viel zur Verfügung, also warum zerstören wir das wieder? Statt das zu schützen, was unser Leben ermöglicht, ignorieren wir meistens die Warnungen und hoffen, dass wir noch möglichst lange so weitermachen können.**
Plötzlich fiel ihr etwas ein.

„Mika?" Fragend schaute diese von dem ordentlichen Deckenstapel auf, den sie gerade zusammengefaltet hatte.

„Was denn?"

„Was ist, wenn Nick keine Verbindung herstellen kann und wir in die nächste Stadt wandern müssen?" Mika schaute sie verwirrt an. „Ja und?"

„Caroline und Edward könnten uns vielleicht nicht aufhalten ...", setzte Kate ihre Überlegungen fort.

„Sie haben Waffen." **Das stimmt.** Darauf fiel Kate keine schlagfertige Antwort ein.

„Okay, aber nehmen wir einmal an, dass sie uns bemerken und nicht aufhalten können."

„Worauf willst du hinaus?"

„Sie müssen irgendwo auf Dauer campieren. Klar, sie können es in dieser Hütte tun, aber dann wäre ihre Reichweite nicht sehr groß. Dazu müssten sie sich am besten in der Stadt aufhalten. Am wahrscheinlichsten in einem Hotel. Schlussfolgerung: Wir könnten sie finden!" Mika starrte sie an.

„Ich möchte dich nur ungern kritisieren, aber das sind sehr viele ‚wenns'." Kate seufzte.

„Ich meine ja nur, wir hätten eine neue Spur."

„Hast du vor, auf Verbrecherjagd zu gehen? Es tut mir leid, aber ich möchte einfach nur nach Hause. Kannst du dir nicht vorstellen, welche Sorgen unsere Eltern sich machen? Ich habe ein unglaublich schlechtes Gewissen ihnen gegenüber und vielleicht solltest du das auch haben, statt dir darüber Gedanken zu machen, wie man die Verbrecher in die Enge treiben kann. Darum kann sich doch die Polizei kümmern. Zudem ist es gar nicht sicher, ob die Verbrecher überhaupt in einem Hotel übernachten würden und wenn ja, wo."

Wütend drehte Kate sich um. Mika hatte ja recht, aber es war trotzdem zum Verrücktwerden! **Diese Ohnmacht macht mich noch rasend. Ich will etwas tun!**

„Du wirst sehen. Heute Abend sind wir bestimmt aus diesem Wald raus und alles ist wieder in Ordnung."

„Du bist zu optimistisch", knurrte Kate wütend.

„Und du zu pessimistisch."

Kate schnaufte. **Hat Kevin schon mit ihr geredet? Wahrscheinlich nicht. Warum kann ich nichts tun außer rumsitzen und abwarten?** Mika lächelte traurig.

„Du wirst sehen, es wird schon alles gut." Kate ignorierte diesen letzten Satz und verknotete schmerzhaft die Finger ineinander. **Dieses Happy-End-Geschwafel macht mich noch krank!**

Einige Stunden später kam Nick zurück. Er pfiff gut gelaunt vor sich hin. **Es hat geklappt.** Flink kletterte er die Leiter nach oben und lächelte.

„Ich habe die Polizei informiert. Wir werden spätestens in einer halben Stunde abgeholt!" Mika und Felix lachten vor Freude auf und auch Kevin atmete erleichtert durch.

Kate versuchte, sich zu freuen. Sie fühlte sich wirklich etwas leichter, doch sie hätte sich selbst belogen, wenn sie etwas anderes ignoriert hätte. Ja, sie freute sich, aber trotzdem spürte sie einen anderen Wunsch mit jeder Minute deutlicher: **Caroline Dun finden und sie kennenlernen, meine Vergangenheit.**

29

Die Wärme des Morgens hatte sich verzogen und ein stärkerer Wind suchte seinen Weg durch die Baumkronen. Kate hatte die Arme um ihre Beine geschlungen und den Kopf auf ihre Knie gelegt. Nachdenklich wippte sie vor und zurück. Vor und zurück. Vor und zurück. Dieses Warten nagte an ihrer sowieso schon gereizten Geduld und in ihr klaffte ein Zwiespalt.

Ja

Ich will diese ganze Geschichte hinter mir lassen.

Ja

Ich will die ganze schwere Last der Angst, der Wut und der Erschöpfung von meinen Schultern schmeißen.

Ja

Ich will so schnell wie möglich wieder in das ungefährliche, helle Wohnzimmer meiner Familie. Mit dem scheußlichen Kaffee und dem tiefen Sofa.

Ich vermisse es.

Alles.

Aber da war noch etwas anderes.

Etwas, dass sich über Jahre in ihr angestaut hatte.

Ich habe ein Leben. Ich nehme die Welt wahr, wie sie jeder und jede andere in einer eigenen Art und Weise wahrnimmt. Selbst wenn ich irgendwann aufhören würde zu existieren, liefe alles andere weiter. Es würde trotzdem noch eine Welt geben mit Meeren, Wüsten, Wäldern, Bergen und Städten. Nur eben ohne mich.

Warum sind Gedanken so schwer zu formulieren? Sie ziehen wie ein Wimmelbild aus Eindrücken durch deinen Kopf und je verzweifelter man versucht, sie in Worte zu fassen, desto mehr entgleiten sie deiner Zunge.

Und da war sie wieder.

Die Zeit.

Geheimnisvoll.

Rätselhaft.

Sie verging unaufhaltsam, aber bestimmte Momente konnten für immer im Gedächtnis bleiben. Die Zeit ermöglichte ein ganzes Leben mit all seinen Höhe- und Tiefpunkten. Man musste es genießen, im Jetzt leben, es in Erinnerungen festhalten.

Kate hatte Erinnerungen.

Sie hatte ein wunderbares Leben mit ihrer Adoptivfamilie. Kate liebte sie von ganzem Herzen.

Doch sie hatte noch eine andere Vergangenheit. Eindrücke und Erinnerungen, an die sie sich nie würde erinnern können. Es erschien ihr so fern, wie ein fremdes Land, von dem man gehört hatte, es sich aber nicht vorstellen konnte. Es war wie ein anderes Leben.

Kate wollte es kennenlernen.

Sie wollte sich nicht dafür entscheiden.

Sie wollte es verstehen.

Als Nick schließlich die letzten Sachen einpackte, hatte sie einen Entschluss gefasst. Es war kein wirklich genialer Entschluss. Es war auch kein wirklich verantwortungsvoller Entschluss. Aber sie wollte es durchziehen.

Es stand außer Frage, jemanden einzuweihen. Mika, Kevin und Felix wollte sie nicht unnötig in Gefahr bringen und Nick hätte es ihr garantiert verboten. **Ich bin lange genug gejagt worden. Jetzt werde ich zur Jägerin und Caroline zur Gejagten!** Kate wusste, dass die Sache nur schief gehen konnte, aber eine Besessenheit hatte sich in ihr ausgebreitet. Sie würde es tun!

Ein paar der nötigsten Dinge hatte sie in einen Stoffbeutel gestopft. Drei Liter Wasser, Äpfel, eine Packung Cracker und einen Kompass, der eigentlich Nick gehörte.

Kate betrachtete den vollen Stoffbeutel und seufzte schwer. Die Gruppe war zwar noch nie ein wirkliches Team gewesen, aber die Zeit hatte sie trotzdem irgendwie zusammengeschweißt.

In diesem Moment hörten sie in der Ferne den Lärm von vielen Fahrzeugen.

„Wir müssen ein Stück gehen, aber sie werden uns entgegenkommen", meinte Nick aufmunternd und schulterte mehrere Plastiktüten. **Er hat uns gerettet und ich lasse sie alle im Stich. Scheiße!**

30

Zweige schlugen Kate vorwurfsvoll ins Gesicht, wollten sie zum Umkehren bewegen. Die Bäume starrten sie mit reglosen Gesichtern an. *Kehr um, kehr um.* Ihr anfangs lockerer Trab hatte sich in einen rastlosen Sprint verwandelt, als würde sie vor ihrem schlechten Gewissen davonlaufen wollen, das wie ätzende Säure in ihrem Magen brannte.

Eine Wurzel schob sich in den Weg, wollte sie aufhalten. *Geh zurück!* Kate stolperte und schlug der Länge nach hin, doch sie stemmte sich wankend hoch und wischte sich die feuchte Erde aus dem Gesicht. **Geh weiter! Sofort!** Sie setzte sich wieder in Bewegung, dachte an die Gesichter der anderen, als sie losgerannt war.

Brenneselpflanzen versperrten ihr den Weg. **Das ist dein schlechtes Gewissen, Kate. Verlasse den emotionalen Bereich und fokussiere dich auf dein logisches Denken! ‚Atme Katie. Atme. Setzt dich hin. Beruhige dich. Was hilft dir die Panik? Jetzt nehme deine Argumente und sortiere sie in eine Pro- und Kontra-Liste. Fertig? Okay, dann entscheide dich für die wichtigsten Punkte und streiche die weniger wichtigen aus deinem Kopf. Betrachte deine Liste. Welche Seite ist überzeugender? Entscheide, sei ehrlich zu dir, belüge dich nicht selbst.' Ach Cassie. Du fehlst mir. Auch wenn unsere wenigen Treffen sich meistens auf Kinobesuche beschränkt haben.**

Kate blieb stehen, atmete tief ein, zählte langsam bis fünf und ließ die Luft dann wieder aus ihrer Lunge entweichen. Sie zwang sich zur Ruhe und schloss die Augen. Schließlich hatte sie sich wieder gefasst und erstellte vor ihrem inneren Auge die Liste, doch obwohl sie viel mehr Punkte gegen das Weitergehen fand, zählten doch in Wahrheit nur zwei Argumente, die miteinander rangen: Ihre

Neugier und ihr schlechtes Gewissen. ‚**Belüge dich nicht selbst!**‘ Was war ihr wichtiger? **Wie wichtig ist dir deine biologische Vergangenheit, wenn du doch auch eine andere Vergangenheit hast, die dir viel bedeutet? Du hast die Wahl.** ‚Ach Katie. **Es ist wichtig, Dinge zu hinterfragen und neugierig sein, aber manchmal bist du fast schon zu neugierig. Die Neugier hält dir viele Türen offen, aber du musst vorsichtig mit ihr umgehen‘.** Kate betrachtete den trüben Himmel. Sie wusste, dass sie es sich nie verzeihen könnte, wenn sie die Chance nicht ergreifen würde und insgeheim hatte sie sich schon längst entschieden.

Vorhin

im Baumhaus.

Sie konnte es nicht mehr rückgängig machen ‚**Entscheide dich ehrlich!**‘ Kate ließ ihren Blick herumwandern und ging dann langsam wieder los. Während sie weiterlief, entschuldigte sie sich im Stillen bei Mika, Felix, Kevin und auch bei Nick. Es tat ihr wirklich leid, aber sie würde nicht nochmal jahrelang auf eine Gelegenheit wie diese warten. Einen neuen Teil ihrer Familie kennenlernen. Hoffentlich.

31

Wenn man einen Film anschaute, in dem der Protagonist oder die Protagonistin kurz vor dem Zusammenbruch der Welt dem Superschurken das Ass im Ärmel entgegenschleuderte, dachte man sich meistens: Das würde doch niemals funktionieren. Das hatte Kate anfangs auch gedacht. Zumindest, als sie sich mit elf Jahren in einem Hightechgeschäft als Geburtstagsgeschenk einen kleinen Peilsender ausgesucht hatte.

Damals hatte sie wie verrückt auf Spionage gestanden und kein Krimi war vor ihr sicher gewesen. Sie wusste noch, wie stolz sie auf ihren Peilsender gewesen war. So stolz, dass sie ihn im Fall der Fälle überall hin mitgenommen hatte bis sie sich ein paar Jahre später hatte eingestehen müssen, dass sie wahrscheinlich doch nicht so schnell in einen echten Spionagefall hineingeraten würde.

Später hatte sie ihre alten Detektivfilme und Bücher auf verschiedenen Flohmärkten verkauft, doch den Peilsender hatte sie immer behalten. Vielleicht, weil er so teuer gewesen war. Vielleicht aber auch, weil sie nie ganz die Hoffnung aufgegeben hatte.

Das Szenario in der Hütte mit Caroline und Edward war ihr immer noch so deutlich ins Gedächtnis gebrannt, dass sie nur die Augen schließen musste, um es erneut zu durchleben. Wie in Zeitraffer waren ihr die Erinnerungen durch den Kopf geschossen.

Der Moment vor der Abfahrt, in dem sie das winzige Gerät spontan aus ihrer Schreibtischschublade genommen und eingesteckt hatte.

Der Moment am Wasserfall, wo sie das schwere Gepäck zurückgelassen hatten und sie das kleine Ortungsgerät mit dem Sender in ihren Wanderstiefel gesteckt hatte.

Und dann kam da diese Idee …

Kate erinnerte sich an den Aussetzer ihres Herzschlags, als ihre Finger tatsächlich den schwarzen Stecknadelkopf mit der Haftnadel ertasteten. **Tja, Caro und Ed haben uns wohl nicht so gründlich durchsucht, wie sie es hätten tun sollen. Wer seine Gegner unterschätzt, wird schneller aus dem Hinterhalt angegriffen, als erwartet. Hätte Edward sich eben die Mühe gemacht, in meinen Schuhen nachzusehen. Pech für ihn. Glück für mich.**

Ja, und sie erinnerte sich an ihren bescheuerten Einfall.

Dumm und sinnlos, aber sie wollte es diesen Verbrechern heimzahlen, wollte sich nicht wie eine Marionette herumschubsen lassen, wollte die Rollen tauschen und auch mal die Fäden in der Hand halten. Kate hatte spontan gehandelt, obwohl sie um das Risiko Bescheid wusste, doch sie war so … wütend gewesen.

So aufgebracht.

Sie hatte ihren Peilsender aus dem Stiefel gezogen und in der geballten Faust versteckt, hatte angefangen Ärger zu machen, hatte sogar geschrien bis ihr Edward sein Messer an den Hals gehalten hatte.

Für ein paar Sekunden war die Angst allmächtig gewesen, doch dann hatte sie etwas aus ihrem Schockzustand gerissen.

Sie hatte Cassie gesehen.

Ihre Stimme gehört.

Wie ein Flüstern.

Nicht lauter als eine Prise Wind.

Als sie das Blutrinnsal an ihrem Hals gespürt hatte, war die Lähmung des Schocks nur für den Bruchteil von Sekunden überwältigend gewesen. Sie hatte es geschafft, ihre Angst zu bündeln, sie wegzuschieben.

Ihre Hand hatte nach Stoff getastet, irgendwas, wo sie den Sender hätte befestigen konnte.

Ihre Finger waren fündig geworden.

Jetzt war sie in der Lage, Edwards Pullover zu orten.

Sie hatte kaum glauben können, dass es ihr tatsächlich gelungen war.

Mit einer letzten stummen Entschuldigung schob sie die Gedanken an Kevin, Mika, Felix und Nick vollständig aus ihrem Kopf und zog das Ortungsgerät aus ihrem Stiefel. Es war klein und flach, wie die Mini-Version eines Handys.

Sie schaltete das Gerät an und abgesehen von dem extrem niedrigen Akkustand funktionierte es anscheinend noch einigermaßen. Kate lächelte grimmig. **Macht euch auf etwas gefasst!**

32

Kate war die Jägerin und Caroline die Beute. Viele Stunden waren vergangen, in denen Kate zügig vorankam. Die Anstrengungen der letzten Woche hatten sie abgehärtet. Trotz der wenigen Nahrung und des mühsamen Weges wusste sie, dass sie stundenlang würde weiterlaufen können, denn sie hatte ein Ziel.

So hatte sie einen Rhythmus gefunden, der sie kaum Kraft kostete und die Kilometer unter ihren Füßen vorbeifliegen ließ.

Leicht und schnell.

Der einzige Haken an der Sache war wohl der niedrige Akkustand des Ortungsgerätes. **Hoffentlich reicht es noch bis zum Aufenthaltsort der Verbrecher.**

Es war schon später Nachmittag und wahrscheinlich waren die anderen bereits sicher in der nächsten Stadt. Ein guter Gedanke.

Die Sekunden, Minuten und Stunden zogen vorbei. Die Sonne neigte sich dem Westen zu und der Peilsender zeigte ihr den Weg. Langsam kam die Abenddämmerung und überzog den Himmel mit einem glänzenden Schatten. Kate starrte auf den Boden, um nicht zu stolpern und näherte sich Caroline.

Unaufhaltsam.

Nur noch drei Kilometer. Der Himmel über ihr war inzwischen pechschwarz und die Cracker und das Obst waren längst gegessen. Auch ihr Wasservorrat war knapp geworden in den letzten Stunden. Kate war schon so oft gestolpert und der Länge nach in dornige Sträucher gefallen, dass sie gar nicht mehr mitzählte. Die Erschöpfung begleitete sie auf Schritt und Tritt und wurde stetig größer. Sie pfuschte in Kates Laufrhythmus und aus einem gleichmäßigen Joggen war ein unkontrolliertes Stolpern geworden. Kate fühlte sich mehr und mehr wie eine ausgepresste Zitrone und die Kleider klebten ihr inzwischen am Leib.

Nur noch eineinhalb Kilometer. **Ich kann nicht mehr.** Ich kann nicht mehr! **ICH KANN NICHT MEHR, VERDAMMT NOCHMAL.**

Noch einen Kilometer. **Gleich kippe ich um wie ein nasser Sack Mehl und die Option, aufzustehen, ziehe ich nicht mehr vor fünf Jahrhunderten in Betracht!**

Einen halben Kilometer noch. Sieben Prozent Akku. **SCHEIßE!!!**

Fünfhundert Meter. Ich … kann …

Zweihundert M ….! **N-nicht**

Fünfundfünfzig. ----
Mehr!!!
‚Ihr Akkustatus beträgt fünf Prozent. Energiesparmodus wird eingeleitet. Bitte Gerät zum Laden anschließen.‘
Kate taumelte, strauchelte, fiel auf die Knie.
‚Bitte Gerät unverzüglich zum Laden anschließen.‘
Ihr Atem ging röchelnd.
‚Sie haben ihr Ziel in dreizehn Metern erreicht. Akkustatus extrem niedrig. Automatische Deaktivierung der Navigation erfolgt in wenigen Sekunden.‘
Kate raffte ihr letztes bisschen Kraft zusammen und zog sich hoch. Sie wankte vorwärts. Noch ein Schritt …
Die Bäume wichen zurück und gaben sie Sicht auf …
eine Hütte frei.
Die Hütte.
Die Hütte, in der sie mehrere Tage eingesperrt gewesen waren.
Fuuuuuuuuuuccccccckkkkkkkk!!!!!!
Kate starrte die Hütte an.

Licht fiel aus den Fenstern und sie bemerkte aus den Augenwinkeln, dass sie ungeschützt einen Schatten warf.

Zu spät …

Die Tür flog krachend auf.

Eine Gestalt kam mit schnellen Schritten auf sie zu.

Caroline

Ein Ausdruck von Entsetzen auf dem Gesicht.

Vielleicht auch Erstaunen.

Möglicherweise beides.

Kate konnte nichts mehr denken,

nichts mehr fühlen.

Alles in ihr blockierte.

Caroline zog etwas aus ihrer Tasche. Eine routinierte, schnelle Bewegung. Wie ein Schatten sprang sie auf Kate zu.

Kräftige Finger packten sie im Nacken. Etwas Nasses wurde ihr ins Gesicht gesprüht. Es benetzte ihre Wangen. **Es ist … in Ordnung.**

Alles driftete …

… Sie knickte ein …

… davon.

Hoffnungslos

Bäume gleiten an den Fenstern des Krankenwagens vorbei.

Lautlos.

Unschuldig.

Das Schweigen ist ... so unglaublich schwer. Aber davon lassen sich die Sanitäter nicht stören. Ihre Handgriffe sind ruhig und eingeübt, während sie Kevin untersuchen. Er wirkt nicht sehr glücklich, doch er sagt nichts, macht nichts. Er starrt vor sich hin. Resigniert. Ausdruckslos.

Mika sitzt am Rand und wartet, dass das Aspirin wirkt. Sie sieht ziemlich fertig aus, obwohl sie jegliche Schmerzen abstreitet. Niemand glaubt ihr.

Doch wer glaubt mir?

Ich bin der einzige Erwachsene in der Gruppe. Die Kinder sind nur wegen mir in diese Sache hineingeraten. Ich hätte mehr Verantwortung zeigen müssen.

Mir werden Fragen gestellt, doch ich bekomme keinen logischen Gedanken zusammen.

Ja, mein Name ist Nick Jones. Ich habe es schon unzählige Male gesagt.

Nein, ich weiß nicht, warum das Mädchen weggelaufen ist.

Was habe ich übersehen? Und wo ist der Junge? Dieser Felix. Die anderen wissen es auch nicht.

Fragen. So viele Wörter, Buchstaben, Sätze. Ich versuche, meine Gedanken abzurufen und wahrheitsgemäße Antworten zu geben, aber es ist schwer. Warum ist Kate gegangen? Ich weiß es nicht. Ich weiß es nicht, verdammt noch mal! Wieso ist ihr der Junge gefolgt? Woher soll ich das wissen? Vielleicht ist er in sie verliebt? Glaube ich nicht. Was hat sie so dermaßen geschockt, dass sie die Gruppe verlassen hat?

Plötzlich peitscht der Schreck durch mich hindurch. Was, wenn sie die Dateien gesehen haben? Mein Laptop! Was, wenn sie auf

143

Verbrecherjagd gehen wollten? Aber wieso? Die Polizistin fragt mich, ob alles in Ordnung ist. Ich erzähle ihr alles was ich weiß. Sie versichern mir, dass mit allen möglichen Mitteln nach den beiden gesucht werde. Es erleichtert mich, aber ich habe keine großen Hoffnungen. Wenn sie nicht gefunden werden wollen, wird es die Sache deutlich erschweren und je länger sie in diesem Wald sind, desto höher ist das Risiko, dass Caroline und Edward sie finden.

Als es klingelt, erhebe ich mich mühsam aus dem Sessel meiner alten Wohnung. Ich durfte wieder zurück unter der Bedingung, die Polizeiüberwachung vor meiner Haustür zu akzeptieren. Nur für den Fall, dass die Verbrecher mich immer noch aus dem Weg schaffen wollen. Der USB-Stick ist zum Glück von der Polizei sichergestellt worden. Ich will nichts mehr mit diesem Teil zu tun haben.

Vor der Tür stehen Mika und Kevin. Ich lasse sie rein. Sie wollen Bescheid wissen und die direkte Frage überrumpelt mich, doch ich weigere mich, ihnen auch nur irgendwas über den Inhalt des USB-Sticks zu sagen. Meine Gründe dafür werden von ihnen zerschlagen wie Fliegen.

Aussichtslos.

Ich sei ihnen etwas schuldig, es sei immerhin Mikas Bruder und wegen mir bräuchten sie jetzt alle Polizeischutz usw. Nach einer viertel Stunde gebe ich nach.

Eigentlich will ich ihnen nur so wenig wie möglich erzählen, doch sie bohren so lange nach, dass ich schließlich mehr preisgebe, als ich es eigentlich vorhatte. Ich berichte von meiner alten Firma, die mit vielen illegalen Unternehmen zusammenarbeitet. Ich erzähle, wie komplex und vertuscht ihre Geschäfte sind und dass sie für die Geheimhaltung viele professionelle Leute haben.

Caroline und Edward gehören auch dazu. Wahrscheinlich wurden sie wegen ihren Vorstrafen angestellt, damit die Firma sie erpressen kann.

Sie brauchen Leute, die andere zum Schweigen bringen können. Dabei waren Caroline und Edward meine Kollegen! Nachdem ich geendet habe, herrscht eine lange Stille. Irgendwann steht Kevin auf und geht. Einfach so. Ich starre ihm nach und weiß nicht, was ich tun soll. Mika erhebt sich ebenfalls. Ich frage sie, wie es ihr geht und ob mit Kevin alles in Ordnung ist. Sie deutet ein Schulterzucken an, dankt mir und verabschiedet sich. Dann geht sie ebenfalls.

Felix

33 (zwei Tage zuvor)

Die Vormittagssonne versteckte sich hinter blassgrauen Wolken und der Regenschauer der letzten Nacht hatte seine Tauspuren wie glänzendes Silber hinterlassen, doch Felix nahm es kaum wahr. Kate war vor wenigen Stunden einfach losgelaufen und zwischen den Bäumen verschwunden.

Felix war ihr gefolgt.

Die Gelegenheit hatte sich plötzlich ergeben, doch er war sich selbst nicht so sicher, warum er sie ergriffen hatte. Vielleicht war er neugierig gewesen.

Was hatte sie herausgefunden?

Es musste einen Grund geben. Kate hätte niemals aller Vernunft den Rücken gedreht. So war sie nicht.

Ein Blick auf die Uhr. 11:20 Uhr morgens. Er musste sich beeilen!

Kates Spur ließ sich nicht leicht lesen.

Vorhin hatte das aufgewühlte Laub verraten, dass sie eine ordentliche Flugbahn hingelegt hatte, doch im Moment war es so gut wie unmöglich, irgendetwas zu erkennen. Der moosbewachsene Boden behielt seine Geheimnisse für sich. Nachdenklich kniete sich Felix hin und studierte die Erde bis er nach einigen Minuten neue Anhaltspunkte fand.

Während er weiterging, fragte er sich, wieso ihm das nicht schon früher gelungen war. Das Spurenlesen. Vielleicht war er zu erschöpft gewesen, um darauf zu achten.

Als am nächsten Tag die ersten matten Schimmer der kommenden Morgendämmerung den Himmel erhellten, erreichte er sein Ziel. Viermal hatte er sich verlaufen, weil er in der Dunkelheit die Spuren nicht mehr erkennen konnte. Schlussendlich hatte er die halbe Nacht damit verbracht, mit seiner Taschenlampe nach Kates Spuren zu suchen, doch es war im Grunde sinnlos gewesen.

Irgendwann war er vor Müdigkeit eingeschlafen und hatte seinen Weg erst am frühen Morgen fortgesetzt.

Seine Nerven waren, genauso wie sein Körper, am Ende. Bei jeder Bewegung breitete sich die Erschöpfung wie ein dichter Nebel weiter in ihm aus.

Als er jedoch schließlich aufblickte, war für einen kurzen Moment aller Schmerz vergessen.

Wie hatte Kate es bloß geschafft, diese Hütte wiederzufinden?

Und noch wichtiger

WARUM?

Angespannt stand er da und sah die Hütte an. Was sollte er tun?

Eine Weile überlegte er hin und her.

Er konnte keine Hilfe holen.

Er hatte keine Kraft und keine Zeit für eine weitere Wanderung und außerdem wusste er den Weg nicht. Technische Geräte, die ihm hätten helfen können, hatte er auch nicht griffbereit. Dafür war sein Entschluss viel zu spontan gewesen.

Die schummrige Dunkelheit ließ die erleuchteten Fenster der Hütte flimmern und ein kalter Wind strich über Felix' erhitzte Haut. Die Bäume zeichneten sich als dunkle Umrisse vor dem dämmrigen Himmel ab und irgendwo schrie ein Käuzchen.

Gedämpfte Stimmen.

Sie schienen durch die dünnen Wände der Hütte zu dringen. Waren es die Verbrecher? Eine Gänsehaut lief Felix' Arme hinunter und sein Blick schweifte über den Waldboden. Was nun? Hatte er das nicht kommen sehen?

Stille.

Blassrosa Schleier am Himmel.

Müde setzte er sich auf den kühlen Boden und legte den Kopf auf die Knie. Er wusste nicht weiter.

Er wusste einfach nicht weiter.

34

Die Zeit verstrich und Felix spürte, wie seine Nase anfing zu laufen. Eine Erkältung hatte ihm gerade noch gefehlt. Der Wind fuhr ihm mit kalten Fingern über die verschwitzten Arme und Felix starrte wie hypnotisiert die Hütte an. Das helle Licht kämpfte sich durch die schmutzigen Fenster und tanzte zitternd in dünnen Streifen über den immer heller werdenden Waldboden. Was … was sollte er tun?

Erst als Felix aufschreckte, wurde ihm klar, dass er eingedöst sein musste. Shit! Hastig rappelte er sich auf und schüttelte seine eiskalten Finger. Inzwischen war es so hell geworden, dass er hastig hinter eine Gruppe von Bäumen zurückweichen musste. In der Hütte brannte kein Licht mehr, aber er wollte kein Risiko eingehen. Felix fixierte das Holzhaus und spürte einen Kloß im Hals. Seine Versuche, ihn hinunterzuschlucken, waren umsonst. Was brachte es, weiter hier herumzusitzen? Er wusste nicht einmal sicher, ob Kate überhaupt hier war. Warum war er nur einfach losgerannt? Verzweifelt ballte er die Fäuste, lief ziellos hin und her und fasste schließlich einen Entschluss. Er konnte seine Entscheidung, Kate zu folgen, nicht mehr rückgängig machen. Jetzt war er hier.
Er würde in die Hütte gehen und nach einem Handy suchen, um die Polizei zu verständigen.
Das war zumindest vernünftiger, als weiterhin hier herumzusitzen.

Mit klopfendem Herzen schlich er einmal um die Hütte herum und wie er sich schon gedacht hatte, gab es nur eine Tür.
Trotzdem würde er es versuchen!
Es war eine Chance!
Felix atmete tief durch und trat aus dem Schutz der Bäume hervor.
Adrenalin erhöhte seinen Blutdruck.

Eine fast unheimliche Ruhe ergriff Besitz von ihm.
Er war bereit.

35

Mit gespannten Muskeln packte er den rostigen Türgriff und drückte ihn möglichst sanft nach unten. Mit einem leisen Quietschen schwang die Tür auf, doch für ihn hörte es sich eher an wie ein fürchterliches Kreischen.

Die Tür war nicht abgeschlossen!

War das Absicht?

Vielleicht ließ sie sich nicht mehr zuschließen?!

Mit rasendem Herzen trat er ein. Vorsichtig. Die alten Dielen könnten knarzen. Behutsam tastete er sich auf den Fußballen voran. Die ersten Sonnenstrahlen zogen Streifen durch das Dämmerlicht. Die Verbrecher könnten jeden Moment das Licht anknipsen, könnten ihn jeden Moment von hinten überrumpeln. Sein Atem ging gepresst.

Der Flur schien endlos, doch Felix fühlte sich nicht besser, als er ihn schließlich doch passiert hatte. Er befand sich in einem engen Raum, der ein paar eingestaubte Regale und einen Tisch beherbergte.

Felix riss sich zusammen.

Er hatte ein Plan.

Er blickte sich um.

Der eine Flur führte zum Ausgang, der andere zu dem Raum, in dem sie bei ihrem ersten ‚Aufenthalt' gewesen waren. Kevin hatte es ihnen beschrieben. Dann gab es noch drei Türen. Eine davon war wahrscheinlich das Schlafzimmer der zwei Verbrecher und dort wollte er auf keinen Fall hinein. In einem der anderen Räume war bestimmt Kate, aber Felix wollte lieber zuerst die Polizei kontaktieren, bevor er einen Befreiungsversuch startete. Er war sich nämlich ziemlich sicher, dass es schiefgehen würde.

Es war verrückt, aber inzwischen fühlte er sich wieder etwas ruhiger. Er musste vorsichtig sein! Hektik brachte gar nichts. Die eine Tür war abgeschlossen.

Mist.

Durch das verbogene Schlüsselloch der anderen Tür konnte er die Konturen zweier Matratzen erkennen.

Auch nicht die richtige.

Die dritte Tür war offen und schien eine Art winzige Rumpelkammer zu sein. Felix schob sie auf ... und fand tatsächlich eine Kiste, in der ein brandneues Tablett, mehrere Powerbanks, Ohrstöpsel und drei Handys lagen.

Yes!

Das Tablett wollte er nicht nehmen. Es sah so groß und schwer aus und war wahrscheinlich extrem gut gesichert, doch die Handys schienen gut geeignet. Rasch nahm er alle drei und schaltete jedes an. Eines war durch einen Sperrcode gesichert, doch die anderen zwei waren anscheinend nur billige Ersatzteile. Das eine wurde noch gar nicht benutzt.

Er spürte seinen aufgeregten Puls, als er den Notruf wählte und wartete. Schweißtropfen rannen ihm den Rücken hinunter ... und es *funktionierte*!!!

Die Erleichterung durchflutete ihn wie goldenes Licht, als sich jemand meldete.

„Sie haben den Notruf gewählt. Hier ist die Polizei. Bitte beantworten sie die W-Fragen klar und deutlich."

Felix unterdrückte einen Freudenschrei.

„Ich heiße Felix. Felix Forster. Ich bin mit Kate Anderson hier im Wald. Bitte kommen sie so schnell wie möglich! Hier sind zwei Verbrecher. Caroline und Edward", flüsterte er mit vor Aufregung heiserer Stimme und verhaspelte sich fast.

„Kannst du deinen Standort genauer beschreiben? Seid ihr in akuter Gefahr?"

„Nein, ja". Felix fühlte sich elend. Er hatte keine Ahnung, wo sie genau waren. „Wir sind in einer Hütte. Ich kann nicht genau sagen wo, aber es ist ein dicht bewachsenes Stück Wald. Ich weiß nicht, wie es Kate geht, aber ich wurde noch nicht entdeckt." Seine Stimme begann zu beben.

„In Ordnung. Was …"

„So, so". Felix erstarrte, als er die kratzige Stimme hörte. Sein Herz setzte aus.

„Hallo? Felix? Was ist bei dir los?" Das Handy wurde ihm aus der Hand gerissen und knallte scheppernd auf den Boden. Felix kniff die Augen zu, presste die Lippen zusammen.

Das durfte doch echt nicht wahr sein!

Heiße Furcht peitschte ihm den Rücken empor. Wie betäubt drehte er sich um, starrte in Edwards Gesicht. Das Adrenalin entfaltete seine Wirkung mit voller Wucht. Mit einem plötzlichen Hechtsprung jagte er an dem Mörder vorbei, die Panik tobte in jedem Winkel seines Denkvermögens.

LAUF!

Seine Sinne hatten sich nur noch auf ein Ziel fokussiert.

SCHNELLER!

Der Schlag kam unerwartet. Felix konnte sich nicht einmal mehr an den Schmerz erinnern. Nur noch an Edwards verzerrtes, fratzenartiges Grinsen.

„Mein Kompliment, Kleiner. So dumm wäre nicht einmal ich gewesen, um wieder herzukommen." Felix' Brustkorb hob und senkte sich in gewaltigem Tempo, Schweiß vermischte sich mit Tränen, rann über seine Wangen. Schock verdammte ihn zur Bewegungslosigkeit, sein Herz raste.

Die Dunkelheit empfing ihn schützend, verbarg ihn vor der Welt. Das einzige, was er danach noch wusste, war, wie er grob in einen finsteren Raum gestoßen wurde.

Egal, wie er es später versuchte, er konnte die Erinnerungen an Möglichkeiten, wie er die Situation hätte wenden können, nicht finden. Vielleicht wollte er es auch gar nicht.

36

Er hörte das Knacken, als sich der Schlüssel drehte bis er sich die Hände auf die Ohren presste und sich zusammenkrümme. Stumme Schreie ließen ihn erzittern, hallten in seinem Kopf, machten ihn wahnsinnig bis sie endlich abebbten und sich in hilfloses Flüstern verwandelten. Ein heiserer Schluchzer schüttelte ihn und endlich hatte er die Panikwelle überstanden, die sich über ihn geworfen hatte wie ein zähnefletschender Schatten.

Eine Weile blieb er atemlos liegen, unfähig, auch nur einen Muskel zu rühren und lauschte in die Stille hinein. Das Gefühl, die Realität von den Schrecken seiner Erinnerungen nicht mehr unterscheiden zu können, jagte ihm Angst ein. Die Zeit verging. Er wusste nicht, ob es sich um Minuten oder Stunden handelte.

Felix dämmerte wie in einem Traum vor sich hin bis er irgendwann merkte, dass neben ihm eine Flasche Wasser lag. Achtlos hingeworfen in den Staub. Für ein paar Augenblicke sah er seine Hand doppelt bis er tatsächlich das harte Plastik der Flasche ertastete. Mühsam schraubte er sie auf und erst als die rettende, kühle Flüssigkeit seine Kehle hinunterlief, merkte er, wie durstig er gewesen war.

Innerhalb kurzer Zeit hatte er die ganze Flasche ausgetrunken. Es brachte ihn in die Wirklichkeit zurück und nach und nach erkannte Felix, dass es nicht ganz so finster war, wie er angenommen hatte. Die Sonne kämpfte zwar umsonst gegen die zugenagelten Spalten in der Außenwand, aber hier und da kam doch der Schein des Lichts herein. Das Zimmer war nicht wirklich groß, doch vollgestellt mit Gerümpel. Mühsam setzte er sich auf und atmete tief durch. Es kostete ihn viel zu viel Kraft.

Plötzlich erwachte eine Erinnerung in ihm. Er hatte sie verdrängt, doch nun jagte sie ihm einen Schauer über den Rücken. Kate.

War sie hier? Die Umrisse des Gerümpels verschmolzen im Dämmerlicht miteinander. Felix rieb seine Augen und begann dann behutsam, herumzutasten. Schließlich stieß er auf das etwas, das ihn zurückzucken ließ. Eine lose zusammengebundene Strohmatte. Hektisch kniete er sich hin. Das spröde Stroh zerkratzte seine Hände, als er sie fand. Die dunklen Haare umrahmten ihr Gesicht wie Staub. Ihre Augen waren geschlossen.

„Ach du große Scheiße!", flüsterte Felix tonlos.

Wie in Zeitlupe streckte er seine Hand aus. Seine Finger zitterten, er konnte es nicht verhindern.

Wenige Zentimeter vor Kates Hals blieben sie in der Luft schweben, als würden sie gegen eine unsichtbare Mauer stoßen. Felix kniff die Augen zusammen, riss sie wieder auf und befahl sich, endlich Kates Puls zu messen. Doch er konnte es nicht. Er hatte Angst.

Angst, dass sie nicht mehr lebte.

Angst, dass sie tot war.

Mit zusammengebissenen Zähnen senkte er die Hand, atmete tief durch und legte dann seine kalten Finger auf ihre warme Haut. Schon mal ein gutes Zeichen! Die Zeit zog sich ins Unendliche bis er ihn endlich spürte. Kates Herzschlag.

Sie lebte!

Sein ganzer Körper entspannte sich. Er spürte förmlich, wie seine ganze Nervosität, Anspannung und Angst mit einem erleichterten Ausatmen seinen Kopf verließen. Kate war am Leben.

Sie lebte!

Er blickte sie erneut an. Ein feuchtes Tuch war fest wie ein Knebel über ihren Mund gebunden. Noch bevor Felix es roch, wusste er, dass der Stoff in Betäubungsmitteln getränkt worden war. Vorsichtig, mit angehaltenem Atmen, zupfte er den Knoten auseinander und warf das Tuch so weit wie möglich von sich. Okay, erster Teil geschafft. Jetzt musste Kate noch aufwachen und sie mussten so schnell wie möglich verschwinden!

Wieder dieses unerträgliche Warten. Er wollte nicht an die Sorgen denken, die sich alle um sie machten. Er wollte nicht an Mika denken. Doch trotzdem sah er ihr Gesicht immer deutlicher. Ihr Ausdruck. Ihre Augen. Es war seine Schuld. Wieso hatte er nicht auf die Polizei vertraut?

Die Minuten zogen dahin und immer wieder rüttelte Felix hoffnungsvoll an Kates Schulter, doch sie wachte nicht auf. Nicht nach dem ersten Mal, nicht nach dem zweiten Mal, nicht nach dem fünften Mal. Seine Nervosität steigerte sich von Augenblick zu Augenblick. Wie viel Zeit mochte vergangen sein?

ENDLICH zeigte Kate das erste Lebenszeichen seit Felix ihr den Puls gemessen hatte. Sie runzelte leicht die Stirn. Zwar nur kurz und fast unmerklich, doch Felix packte erneut die Hoffnung. Hastig richtete er sich auf und drückte Kates Hand. Stumm bat er sie, endlich aufzuwachen. Sie mussten von hier weg!

37

Vereinzeltes Vogelgezwitscher drang dumpf durch die zugenagelte Wand und der rötliche Schimmer der Abendsonne drückte von außen gegen die Hütte. Felix starrte versunken vor sich hin, hatte es aufgegeben, über Fluchtpläne nachzudenken und fühlte sich wie betäubt. Ihm war schlecht, doch das lag nicht an der Tüte Salzbrezeln, die Caroline ihnen zuvor gegeben hatte. Er fühlte sich so mies. Wie es Mika wohl gerade ging? Was würde sie von ihm denken?

Ihre Worte gingen ihm im Kopf herum. ‚Dein ganzes Leben lang hast du mich ignoriert. Es wird dir doch garantiert nicht schwerfallen, es jetzt weiterhin zu tun‘. Hatte er sich wirklich so schlecht ihr gegenüber verhalten? Okay gut, er war nicht wirklich gesprächig. Aber hätte sie es ihm nicht schon früher sagen können?

Hier, in diesem staubigen, düsteren Raum fehlte sie ihm. Wenn er diese Sache unbeschadet überstehen sollte, nahm er sich vor, würden sie darüber reden. Vielleicht sollte er sich auch entschuldigen.

„Worüber denkst du nach?" Kate sah ihn fragend an. Sie hatte sich verändert. Ihre Wangen waren leicht eingefallen und ihre Miene war ernster geworden. Zum ersten Mal fiel Felix auf, dass sie ihn weder abweisend noch überlegen anblickte. Die unsichtbare Distanz zwischen ihnen war verschwunden.

Felix schüttelte schweigend den Kopf. Kate seufzte.

In diesem Moment zerstampften ferne Schritte das unvollendete Gespräch, die unausgesprochenen Worte. Edward.

Es ging alles sehr schnell.

Bevor Felix überhaupt reagieren konnte, wurde er schon auf die Füße gezogen. Zum ersten Mal wurde ihm bewusst, wie gut Edward sein Geschäft verstand. Innerhalb weniger Sekunden waren seine

Hände straff hinter dem Rücken zusammengebunden. Er hätte keine Chance gehabt. Selbst, wenn er in einem besseren Zustand gewesen wäre.

Sie wurden aus der Hütte gestoßen und plötzlich war wieder freier Himmel über ihnen. Endlich! Felix konnte wieder die Bäume sehen, die so unendlich viele Versteckmöglichkeiten boten und den Himmel, der sich in die unendliche Weite erstreckte.

Er spürte, wie seine Anspannung nachließ und löste seine verkrampften Hände voneinander.

Mit nun wieder einigermaßen klarem Kopf schaute er zu Kate, die wie eine Sprungfeder wirkte. Von den Zehen bis zu den Haaransätzen angespannt, mit einem Ausdruck aus kaltem Zorn im Gesicht.

Felix wusste, dass sie zu allem bereit war.

Er wusste, dass sie zu viel durchgemacht hatte, um noch vor irgendetwas zu zögern.

In diesem Moment trat Caroline aus der Hütte. Händeringend, irgendwie nervös.

„Caro?" In Edwards Stimme schwang Siegessicherheit und Triumph mit. Caroline beachtete ihn nicht. Angespannt tigerte sie hin und her.

„Warum so nervös? Die Kohle haben wir locker in der Tasche! So wie ich diesen Nick Jones einschätze, bringt er uns den USB-Stick und wir können ganz locker unseren Auftrag erfüllen." Edward pfiff vergnügt. Die Ruhe zerplatzte wie eine Seifenblase.

„NICK IST AUF DEM WEG HIERHER?" Auf Kates Gesicht lag das blanke Entsetzen. Felix fühlte sich wie erstarrt. Das konnte doch nicht sein! Ahnte Nick nicht, dass er so direkt in die Falle lief?

„Ohhh, wie süß." Der Auftragsmörder lächelte Kate kühl an und beugte sich zu ihr. „Soll ich dir was verraten, Kleine? Dieser Dummkopf hat den Deal von sich aus vorgeschlagen! Den Stick für euch Jammerlappen. Kannst du dir das vorstellen?" Er lächelte hämisch. „Natürlich wird er versuchen, uns irgendwie auszutricksen, doch wir haben gleich ZWEI Trümpfe in der Hand." Er tätschelte ihre Schulter und Felix war sicher, dass sich Kate kurz vor der Explosion befand. „Er wird nichts riskieren wollen. Es wird ganz einfach, und wenn nicht …", grinsend ließ er die Pistole in seiner Hand kreisen, „dann gibt es einen hübschen Knall!"

„Edward, es reicht!" Carolines Stimme zerschnitt den Satz wie mit einem Messer. Verwirrt zog der Verbrecher die Augenbrauen in die Höhe.

„Es ist die perfekte Gelegenheit! Wir könnten alle zusammen auf dem Silbertablett servieren!"

„Das ist keine unserer Anweisungen! Wir werden niemanden umbringen!"

„Vielleicht ist es ja gar nicht nötig", warf Edward kühl ein.

„Ihr Kollege hat recht." Felix fuhr wie vom Donner gerührt herum, erkannte diese Stimme sofort. Kälte schoss wie eisiges Wasser seinen Rücken hinauf. „Es wird nicht nötig sein!"

Nick! Eine Gestalt in der Dunkelheit, kaum mehr als eine Silhouette. Nein, nein, NEIN!!!

Dort stand er. Die Arme vor der Brust verschränkt, wie um seine Furcht mit Trotz zu überspielen. Warum war er bloß gekommen? WARUM?

„Da sieh mal einer an, wen wir hier haben! Sie haben sich also tatsächlich getraut zu kommen?! Das erleichtert uns natürlich enorm die Arbeit!"

Wie gerne hätte Felix Edward dieses Grinsen aus dem Gesicht gewischt. So gerne. Das plötzliche Verlangen, dem Verbrecher so viel Schmerz wie nur möglich zuzufügen, erschütterte ihn.

„Sind sie allein gekommen?" Carolines Frage klang so neutral, als würde sie jemanden nach der Uhrzeit fragen. Felix atmete stoßartig aus. Er war noch nie schlagartig so wütend geworden. „Ja." Felix biss sich auf die Zunge bis der Schmerz ihm Tränen in die Augen trieb. Er hob den Kopf und blinzelte benommen in die Finsternis. Heiß und salzig brannten die Tränen in seinen Augen. „Hören sie, ich verlange nur, dass sie die Jugendlichen freilassen. Sie haben nichts mit der ganzen Sache zu tun!"

„Klappe. Sie kennen diese Nervensägen und ich glaube kaum, dass sie nichts mitbekommen haben", knurrte Edward.

„Aber wir hatten einen Deal!" Nicks Stimme war lauter geworden, verzweifelter. Der Verbrecher schnaubte und äffte ihn nach.

„Wir hatten einen Deal. Oh, hört alle her. Unser naiver Freund hat mit zwei Kriminellen einen Deal geschlossen und ist überrascht, dass wir nicht alle gemeinsam gemütlich Tee trinken. Wir hatten einen Deal! Wir hatten einen Deal!"

„Stopp! Er könnte das Gespräch aufzeichnen", unterbrach Caroline ärgerlich. Nick schüttelte starr den Kopf.

„Ich werde mit ihnen kommen, wenn sie mich aus dem Weg haben wollen. Sie bekommen das Speichergerät, aber lassen sie Felix und Kate gehen!"

38

„Schluss damit! Bei drei erschieße ich das Mädchen, wenn sie nicht mit diesem Ding herkommen." Edward stieß Kate auf die Knie. Er richtete die Waffe auf sie. Dieses kleine, unscheinbare Stück Metall, dass mit einem Schlag eine ganze Welt auslöschen konnte.

So viele Jahre, so viele Erinnerungen.

Mit nur einer Bewegung.

Felix verfing sich in Kates fassungslosem Blick. „Also seien sie ein Gentleman und retten sie die Dame." Edward zog die Mundwinkel zu einem falschen Lächeln hoch. „Eins …"

„STOPP!" Panik. Pure, blanke Panik. Nick stolperte ein paar Schritte nach vorne. „Lassen sie das Mädchen in Ruhe!" Sein Gesicht war blutleer.

In diesem Augenblick nahm Felix wahr, wie Kate die Augen schloss und die Lippen bewegte. Sie wollte doch nicht etwa …

„CAROLINE!"

Kates Gesicht zuckte vor Angst und ihre Augen flehten die Verbrecherin förmlich an.

„Du wirst das nicht … zulassen! Ich … ich bin … deine". Ihre Stimme brach.

„Sei still!", fauchte Edward, trat mit dem Fuß nach ihr, einmal, zweimal. Kate keuchte, krümmte sich zusammen, japste nach Luft, doch veränderte alles mit nur einem Wort:

„… Tochter."

Mehrere Dinge gleichzeitig in einem Moment. Grelle Scheinwerfer rund um die Hütte, gleißendes Licht, eine Durchsage, Polizei, Nick rief jemandem etwas zu, Gesprächsfetzen. Doch das war alles nicht wichtig.

Langsam atmete Kate ein, ihr Brustkorb hob sich. Dann rollte sie sich plötzlich blitzartig zur Seite und zielte vom Boden aus mit einem einzigen, kräftigen Tritt auf die Waffe.

Kate war schnell.

Wirklich schnell.

Doch Edward war schneller.

Der Wald explodierte und der markerschütternde Knall zerriss Felix' Trommelfell, schoss wie ein gellender Schrei durch seinen Kopf, bohrte ihm Speere in die Schädelwand. Kreischend, schrill, anhaltend. Er presste sich die Hände gegen die Ohren, spürte kaum den Aufprall, krampfte sich zusammen, betete, dass es aufhörte, flehte, dass es vorbeiging.

Unglaubliche Kopfschmerzen raubten ihm den Verstand, doch der schreckliche Ton ließ kaum nach.

Er lag da, wippte verstört hin und her. Jemand rüttelt an seiner Schulter. Er spürte es nicht. Endlich schaffte er es, die Augen zu öffnen. Verlaufene Farben, kaltes Wasser.

Eine Frau saß vor ihm und spritzte ihm Wasser ins Gesicht. Sie hatte eine grelle Warnweste an. „Beruhige dich, tief atmen! Das hört wieder auf. Atme ein und aus. Ein und aus". Er fuhr sich fassungslos mit den Händen über sein nasses Gesicht, merkte, dass das grauenhafte Piepsen leiser geworden war. Trotzdem hatte er das Gefühl, alles nur dumpf und leise wahrzunehmen, als hätte er Watte in den Ohren und dann waren da noch diese fürchterlichen Kopfschmerzen. Er schlang die Arme um seinen Oberkörper und wippte vor und zurück, vor und zurück.

Felix! Sein Name war Felix! Ruckartig setzte er sich auf. Scheiße. Der Knall! Er wollte aufspringen, doch starke Arme hielten ihn fest. „Du stehst unter Schock. Vermutlich hast du ein Knalltrauma. Bleib liegen!" Fieberhaft schaute er sich um, kämpfte gegen den Schwindel, versuchte, irgendetwas zu erkennen. Irgendetwas! Plötzlich durchfuhr es ihn siedend heiß. Kate! KATE!

Er kniff die Augen zusammen, riss sie wieder auf, versuchte blinzelnd, etwas zu erkennen. Alles war verschwommen. Farben, Lärm, Sirenen. Diese Farbe ... dieses Rot ...

Blut.

Es klebte an der Hütte, bedeckte den Waldboden. Er presste sich die Hände ins Gesicht, wollte nichts mehr sehen, wollte nichts mehr hören, wollte einfach nur noch weg von diesem grauenhaften Ort. Eine Hand legte sich auf seine Schulter. Felix hob den Kopf, erkannte Nick verschwommen. „Felix! FELIX! Hörst du mich?" Er nickte zitternd. „Du musst dich beruhigen! Die Polizei ist hier, es wird alles gut!" Nick klang sehr mitgenommen, doch er sah dem Jungen fest in die Augen. „Beruhige dich!"

„Was ...", Felix erkannte seine eigene Stimme nicht wieder, „Was ist mit ... mit Kate?"

„Kate lebt!"

„Aber ... der Schuss ..."

„Edward wollte sie umbringen, aber er ist nicht dazu gekommen."

Felix starrte ihn benommen an.

„Caroline hat Kate das Leben gerettet!"

„Ich ... verstehe nicht ...". Nick packte ihn an den Schultern.

„Caroline hat Edward erschossen!"

39

Es brauchte lange bis diese Information vollständig bei Felix angekommen war. Es schien alles so unwirklich.

Edward war tot.

War das alles wirklich passiert?

Es war, als gehörten die Erinnerungen einem fiebrigen Traum an, doch sein Verstand begann zu begreifen, dass es keine Einbildung gewesen war.

Grelle Scheinwerfer erweckten die Nacht zum Tag und Polizeisirenen zerrissen die Luft, während mehrere Leute um ihn herumwuselten. Wo war Caroline? Was sollte das alles? Kräftige Arme hoben ihn auf eine Trage. Irgendwas zwickte in seinen Arm. Was …?

Eine dämmrige Schläfrigkeit breitete sich in seinem Körper aus und lastete immer schwerer auf seinen Augenlidern bis Felix spürte, wie sie sich langsam schlossen. Was sollte das? Er musste doch wach bleiben! Er musste mit Nick sprechen, wollte Kate sehen. Das war ein verdammtes … Missverständnis. Sie hatten … kein … Recht … durften …

… Kate …?

… Nick …?

Was passiert … jetzt? Halloooo?

Was h-hat … denn … wo sin-n-nd …?

Nichtttt … was …

… Ssscheiß-e …

…….

.

165

Erschöpft

Die Wände sind schneeweiß. Ich habe die letzten zwei Stunden damit verbracht, all die kleinen Makel zu studieren, die die Perfektion des symmetrischen Flurs unterbrechen. Flecken, unebene Stellen, Fliegenscheiße. Das Krankenhaus liegt viele Kilometer entfernt von der Hütte, dem Wald, von Caroline, die Edward kaltblütig erschossen hat. Doch die Erinnerungen sind frisch.

Die Zeiger meiner Armbanduhr präsentieren mir die Zeit. Etwa eine halbe Stunde ist es her, dass ich mich als Nick Jones zum Besuch von Felix Forster und Kate Anderson angemeldet habe. Bald wird der Zufluss an Beruhigungsmitteln gestoppt und ich darf sie sehen.

40

Liebe Kate,

mit diesem Brief, der nicht im Entferntesten als Entschuldigung reichen würde, möchte ich dir Kraft wünschen. Kraft, dass du das, was ich dir und den anderen angetan habe, überwinden und neu anfangen kannst. Wenn du das liest, kommt es dir wahrscheinlich mehr als merkwürkwürdig vor, aber ich meine es ernst. Diesen Brief schreibe ich aus der Untersuchungshaft und ich hoffe, dass es euch allen wieder halbwegs gut geht.

Zu einem weitaus heikleren Thema: Ich muss dir leider gestehen, dass ich mir keineswegs sicher bin, ob du meine Tochter bist. Vielleicht wird dich dieser Satz entsetzten. Wenn das so ist, dann tut es mir wirklich sehr leid, doch ich dachte, ich schreibe dir die Wahrheit, damit du zumindest zu diesem Thema nicht rumrätseln musst. Wenn du es willst, bin ich allerdings dazu bereit, einen DNA-Test zu machen.

Du wirst in deinem Leben wahrscheinlich wenige Leute kennenlernen, die solche Idioten sind wie ich. Leider hattest du das Pech, mich zu treffen. Ich hoffe für dich, dass ich nicht deine biologische Mutter bin, denn ich glaube, wenn das so wäre, habe ich alles andere als einen guten Job gemacht.

C.

fünf Jahre später

Die Regentropfen fielen glänzend vom Himmel. Schimmernd rannen sie an der Fensterscheibe des Cafés hinunter und verwischten den Blick auf den Wald, der genauso unberührt und geheimnisvoll wirkte wie vor fünf Jahren. Einmal hatte er Wohnblöcken Platz machen sollen, doch ein Protest hatte dies verhindert. Zum Glück.

Die Tür wurde schwungvoll geöffnet und ein junger Mann trat ein. Schlank. Hochgewachsen. Irgendwie attraktiv. Kevin. Kurz blickte er sich um, entdeckte Kate an einem der Tische und schlenderte zu ihr herüber.

„Na? Wie geht's denn so?" Lässig setzte er sich und zog die Augenbrauen hoch. „Kann es sein, dass du unerkannt bleiben willst?"

„Wie kommst du den darauf?" Mit amüsiert blitzenden Augen zog sich Kate die Mütze noch tiefer ins Gesicht. „Seit ein paar Monaten kann ich mich vor Autogrammen nicht mehr retten. Dabei habe ich noch Glück gehabt. Mika hat es schlimmer getroffen."

Kevin seufzte dramatisch und sah sie dann mit gespieltem Mitleid an. „Du Ärmste. Wie Mika dann wohl ankommen wird? Hoffentlich nicht mit Ganzkörperanzug und Gesichtsmaske!" Kate stöhnte.

„Ha, ha. Nein, mal im Ernst. Du kannst dir gar nicht vorstellen, wie anstrengend Fans sein können." Kevin zuckte mit den Schultern.

„Es war eure Entscheidung, aber ehrlich gesagt seid ihr ziemlich gut. Ich war im Kino." Kate lächelte.

„Vielen Dank für die Blumen, aber genug über mich. Ich habe lange nichts von dir gehört. Was machst du so?"

„Ach, so dies und das. Einmal in der Woche führe ich Touristen durch eine Tropfsteinhöhle. Nebenher studiere ich Informatik." In diesem Moment wurde die Tür erneut geöffnet und eine vermummte Person kam hastig zu ihnen an den Tisch.

„Kevin! Schön dich zu sehen! Nach so langer Zeit." Mika hatte sich die Haare kurz schneiden lassen, wodurch sie in alle Richtungen abstanden. Außerdem sah sie älter aus, strenger, erwachsener, doch ihr freundliches Lächeln war gleichgeblieben.

„Ja, ist lang her. Oha, du siehst so anders aus als auf diesen ganzen Plakaten!" Mika wechselte einen belustigten Blick mit Kate.

„Wieso drehen sich alle Gespräche immer um unsere Filme?"

„Ich weiß auch nicht. Ständig die gleichen öden Geschichten!" Kate verdrehte gespielt übertrieben die Augen. Ein paar Minuten später kam auch Felix noch hinzu. Mika umarmte ihn erfreut.

„Ich dachte schon, dein Bus steckt im Stau fest!" Ihr Bruder schüttelte sich das nasse Haar aus dem Gesicht und fasste es in einen Zopf zusammen, während er sich setzte.

„Jap, war viel los auf den Straßen." Er lächelte.

„Wisst ihr eigentlich, was aus Nick geworden ist?", warf Kevin ein.

„Momentan habe ich keinen Kontakt mehr, aber soweit ich weiß, hat er eine neue Stelle bekommen und arbeitet wieder", meinte Kate, während sie die Getränkekarte studierte.

„Und ansonsten? Irgendwelche Pläne für die kommende Zukunft?"

„Wir arbeiten an einem neuen Drehbuch", murmelte Kate hinter der Karte.

„Und wir wollen eine Website eröffnen, auf der man an Challenges zum Thema Umweltschutz teilnehmen kann. Plan ist, dass man auch kleine Preise für Nachhaltigkeit gewinnen kann, also wenn du langlebige Produkte kaufst oder deinen Müll richtig trennst", fügte Mika hinzu.

„Klingt cool." Kevin nickte beeindruckt. „ihr könnt mir ja dann mitteilen, wie eure Website heißt, dann kann ich die ganzen Preise absahnen." Er grinste.

„Okay, dann werden wir dich schon im Voraus sperren", meinte Kate betont gleichgültig. „Und deine Pläne, wenn ich fragen darf?"

„Nach dem Master mache ich wahrscheinlich ein Auslandsjahr. Mal sehen. Wie ist es bei dir, Felix?"

„Mmmm." Nachdenklich schaute er aus dem Fenster. „Ich ziehe vielleicht mit meinem Freund zusammen. Nicht weit von der Universität entfernt liegt eine praktische Mietwohnung."

„Wow." Kevin zog überrascht die Augenbrauen hoch. „Also dein fester Freund?" Felix nickte gut gelaunt. „Klingt gut. Wo habt ihr euch kennengelernt?"

„An der Uni. Wir sind im gleichen Gebäude."

„Cool." In diesem Augenblick kam die Bedienung. Kate bestellte sich als erstes zwei Tassen Kaffee.

„Ich liebe es einfach! Außerdem bin ich müde", erwiderte sie auf Felix' erstaunten Blick.

„Wie auch immer. Ich bin froh, dass wir uns mal wieder treffen", wechselte Mika das Thema. Kate nickte und rührte Zucker in ihr braunes Getränk. Kevin nippte zustimmend an seiner heißen Schokolade. Schweigend schauten sie aus dem Fenster und betrachteten den Wald, der ihnen vor vielen Jahren das Leben gerettet, ihnen aber auch eine Falle gestellt hatte. Er hatte zwei Seiten, zwei Gesichter. Sie hatten beide kennengelernt, doch nun erschien ihnen das Geschehene wie eine weit zurückliegende Erinnerung. Noch deutlich, aber abgemildert durch den Lauf der Zeit. Dort lag er, der Ursprung von Sicherheit, Abenteuer, Aufregung, aber auch von Angst und Verfolgung. Es würde immer ein Teil von ihnen sein, gehörte zu ihrem Leben seit vielen Jahren und würde niemals verblassen. Nicht bis zum sicheren

Ende.

Kommentare

User500: Was ist jetzt eigentlich mit dieser Rätsel-Tour? Zuerst machen die monatelang fette Werbung und dann wird nach dem Testlauf alles abgeblasen. Soll das jemand verstehen?

DanaJung: Irgendwas ist wohl schiefgelaufen ...

Fitz0.8: Habt ihr euch auch für die kostenlose Probetour beworben?

User500: Nee, war mir zu blöd. Aber seltsam ist das schon alles.

Kate: Seid froh, dass ihr nicht dabei wart.

Chocolatecookie: Wieso? Warst du dabei???

Kate: Ja.

Fitz0.8: What???

DanaJung: Was ist passiert?

User500: Krass!

F.: Es gab ein paar unvorhersehbare Zwischenfälle.

Ich.Bin.Dein.Fan: OMG!!!

Kate: Idee super, Umsetzung shit.

M: Das konnte niemand ahnen!

DanaJung: Hä? Was geht ab bei euch?

Chocolatecookie: Jetzt erzählt schon!

KevinIsTheBest: Wir sind einen Wasserfall runtergefallen, wurden von zwei Kriminellen gefangen gehalten, haben einen Typ auf der Flucht getroffen und die Welt gerettet.

N.Jones: Ernsthaft?

Ich.Bin.Dein.Fan: DAS IST SOOOOOOOOO COOL!

Chocolatecookie: Verarscht ihr mich gerade? Ihr glaubt eure Geschichte doch selber nicht!

Kate: Ach, vergesst es.

M: Alles nur Gerüchte;)

User500: Ich komme nicht mehr mit.

DanaJung: Verrückte Geschichte.

Trailer2864017: ‚KevinIsTheBest' hat das nicht ernst gemeint, oder?

F.: Natürlich nicht.

Ich.Bin.Dein.Fan: WAHNSINN!

User500: Dieser Dialog besteht aus purem nonsense.

KevinIsTheBest: 100% einverstanden. Cool, nicht?

Kate: verpisst dich, Kev.

Unknown: Ich wäre an eurer Stelle vorsichtiger. Die Zeit lässt Wunden nicht verschwinden.

N.Jones: Was meinen Sie damit?

M.: Hören Sie, das ist nicht lustig!

Fitz0.8: Ich blicke gar nichts mehr!

Ich.Bin.Dein.Fan: HÄÄÄÄÄÄÄ?

Error. Account gesperrt

Danksagung

Dieser Roman wäre nicht ohne die Hilfe vieler wunderbarer Menschen entstanden, die mir geholfen haben aus einer Idee eine Geschichte zu stricken. Eine dieser Personen ist Ella Kyriss. Ich danke dir für jede Stunde, in der wir über die Handlung diskutiert haben. Ohne dich hätte der Roman keinen Anfang, keinen Mittelteil und keinen Schluss. Ein sehr großes Dankeschön geht auch an Christin Probst, die jedes Kapitel auf inhaltliche Fehler überprüft hat. Ohne deine Hartnäckigkeit hätte dieses Buch wahrscheinlich zehntausend Fehler mehr, als es jetzt schon hat. Ebenfalls danken möchte ich Katrin Burkhardt für die hilfreichen Anmerkungen. Danke, dass du dir alles durchliest, was ich schreibe! Solltest du wieder einen Roman schreiben, hoffe ich, dir ebenso gute Rückmeldung geben zu können. Ein weiteres Dankeschön geht an Anne Rödiger für ihre hilfreiche Kritik und an meine Familie und Freunde, die immer hinter mir stehen!

Bitte verzeiht mir den einen oder anderen Rechtschreib-, Grammatik- oder Zeichensetzungsfehler.

Ich freue mich unglaublich über jede Person, die meinen Roman gelesen hat. Danke, dass du dir die Zeit genommen hast! Ich hoffe sehr, es hat dir gefallen:)

Über die Autorin

Sophie Probst wurde 2007 in Ludwigsburg geboren und schreibt seit ihrem zwölften Lebensjahr Geschichten. *Im Schatten des Waldes – Gejagt bis zum Tod* ist ihr zweiter Roman.